# 九江讀書
# 與人生沉浮

林九江 著

中国出版集团

研究出版社

**图书在版编目 (CIP) 数据**

九江读书与人生沉浮 / 林九江著 . -- 北京 : 研究
出版社 , 2020.9

ISBN 978-7-5199-0891-1

Ⅰ . ①九… Ⅱ . ①林… Ⅲ . ①随笔 – 作品集 – 中国 –
当代 Ⅳ . ① I267.1

中国版本图书馆 CIP 数据核字 (2020) 第 177686 号

出 品 人：赵卜慧
责任编辑：张　璐
助理编辑：朱唯唯

## 九江读书与人生沉浮
JIUJIANG DUSHU YU RENSHENG CHENFU

林九江　著

研究出版社 出版发行

（100011　北京市朝阳区安华里 504 号 A 座）

北京建宏印刷有限公司印刷　新华书店经销

2020 年 9 月第 1 版　2020 年 9 月北京第 1 次印刷
开本：880 毫米 × 1230 毫米　1/32　印张：6.875
字数：130 千字

ISBN 978 – 7 – 5199 – 0891 – 1　定价：35.00 元

邮购地址 100011　北京市朝阳区安华里 504 号 A 座
电话（010）64217619　64217612（发行中心）

# 读书入心脾，笔底有真情

抗疫在家得到老朋友的推荐，有幸读到林九江先生的文稿《九江读书与人生沉浮》，原本也就想随意翻翻，因为在手机独霸眼球的时下，无限的信息提醒占据了全部余暇，也难免养成了碎片化浏览的陋习。但读这部文稿却在无意中被俘，一篇又一篇地读下来，不断点头微笑、抬头回味，自己也恍若回到 20 世纪七八十年代的读书时光。

读书不是听报告，没有现场的兴奋，要有兴趣的勾引才会不错眼珠，才能战胜手机的诱惑。这部书稿让人感兴趣之处在于，它内容丰富，见解新颖。总括起来，其吸粉魅力主要有三。

魅力之一是作者感悟深刻独到。比如对文学的研读部分，点评的都是名著，比如《红楼梦》《家》《白鹿原》《复活》，涵盖古今中外，其视角不是超然的审美理论，而是真正入心的深刻感悟。比如对古典名著《红楼梦》"金玉良缘""木石前盟"和"亲上加亲"的剖析，既有对"钗黛"两位主人公性格的分析，也不回避贾、王、薛之间的利益和人脉的控制作用，尤其是对王熙凤在"钗玉"婚姻中的控制和宝钗所谓大度贤淑的揭底与批驳都可谓深入骨髓。对黛玉的无奈无助乃至天真自害给予深切的理解和同情，让人感同身受。这让作为读者的我十分感叹感动！

此外对于现代文学名著《家》的婚姻模式的当代留存、对于外国名著《复活》中"救赎"的解剖，都有自己独到又真实的感受，对于助读名著作用匪浅。全书从小说到散文应有尽有，尤其是作者对"红学"的补充和心得，对于喜欢文学名著的读者的助力自不待言，对指导中学生和文科大学生也足够给力。

魅力之二是内容丰富，内涵充盈。对于喜欢京师古都文化典故，喜欢寓言文创、喜欢历史考据、喜欢回忆录乃至喜欢书法的朋友都有吸引力。

首先，是作者对于北京有真心的热爱，这种热爱不是口头上称赞和概括性的泛论，而是真正的脚踏实地、亲力亲为。英子胡同、砖塔胡同、八道湾胡同、兵马司、护国寺、宣武胡同等，从西城到宣南，亲自踏查、目视，展示当下，溯源以往。从名人故居逸事，到会馆和民房，从名门大家的雅居到升斗小民的特色饮食，记录的是作者自己的脚印，是对身边环境文化的痴迷。尤其是几经改变的道路和名称，几经搭建和搬迁的院落，如果不是这样有耐力、有责任感的寻找，恐怕难以如此体味北京文化的韵味！我想无论是北京的导游，还是北京地域文化的研究者都会感动受益。

　　其次，是作者对家人和对自己生命过程的体验和觉悟。生命在岁月中驻足和流逝，面对夕阳，形成了回忆的真情。生活的艰辛和克服，带来了人生的意义和价值！第一次当家，体味"粮米贵"从而感受父母的艰辛付出。从七次搬家的经历到父亲的绰号，都是生命和岁月的文化记录，它实实在在，带着生命的温度，带给我们温馨和美好，极具现实的亲和力。

　　魅力之三是作者给予我们的启发。以往对于学习和体验，我们的口头禅是"读万卷书，行万里路"。但恰恰是对远方的憧憬和好奇让我们忽略了身边细碎的美好。如今说起去欧洲和美国甚至南极北极，已经不是罕见之举。多少散文和照片表达着对万里之外的新奇和兴趣。但是说起生我养我的土地，却只有地方志的记录和对自家院子的脑中记忆。真正拿起笔来，像人民作家老舍一样记下真实的身边生活文化，却少之又少。此文稿再次启发我们读书要眼到心到笔到，人生要读万卷书，行万里路，更要写万篇文，记录脚下之路，更铭记心中之路。

　　《九江读书与人生沉浮》一书，文风平易亲切，没有套话、官话、废话，每一篇都是真心话，读着它就宛若与老友面对面的交流，褒贬随情！没有长篇大论的考据，更没有刻意的逢迎。在近百篇文章之中，有话则长无话则短，充满作者的真情实感和入世的亲切，而且每题篇幅不长，篇名点题，很适合指缝阅读。

最后，我要说的是我与作者不曾谋面，但见其自述系 79 级大学生，顿生故知之感！77、78、79 三个年级是 20 世纪 80 年代高等教育全面恢复发展的前奏，这是历史的赏赐。这三届中哪怕同班、同寝年龄和出身差异很大，但却难得的蓬勃向上、和谐一致。作为 77 级学姐的我，读着作者的文稿，自然带着亲切的情感，这既是同代人的心灵共鸣，更是向作者"有心"和勤奋致敬。多读书、多交流、多动笔！不让思想智慧的火花熄灭，不让志趣初心随时间消逝，这是读书人的使命和光荣。拉杂体会，仅表喜爱，以此为序。

刘晔原

中国传媒大学教授

中国文联理论研究室特聘研究员

七七级大学生，传统文化和电视艺术爱好与研究者

2020 春于紫罗园寓所

# 随想的随想

喜欢一个人坐在阳台上，别无干扰地翻翻旧书，思考思考，倘若有了一星半点儿的心得，便会付诸文字，有时也是洋洋洒洒，数篇几章，只为那稍纵即逝的观点、心得。大多数情况喜爱短小的文字，一题一议，有头有尾，中心突出，内容简要，观点清晰，收尾往往画龙点睛，总能道出文章所述灵魂。时光流逝，有时翻阅自己的作品，惊讶于原先自己还会有那么多的感想感叹，有那么多深刻的认识，有那么多的幻想童心。可见，文字对自己的认识思维、提高和上升是有多么大的好处。一日，翻阅大学前将离开上海的日记，由于文字过于简短，居然不记得日记中提到的串亲访友的具体情形，可见过于依赖大脑的记忆多少有点不靠谱，而文字的详细记录，则有助于将一些灵感、人生感悟、深刻教训加深在脑海中的印痕，不会像墙上芦苇随风草动。

这就是多年来撰写的《随想的随想》。

林九江

2009 年 9 月 20 日于浔阳书苑

# 目 录

## 读书篇

· 国内文学

《精读文萃》系列读后感　　　　　　　　　002

　　读朱自清《背影》有感　　　　　　　　003

　　读许地山《落花生》有感　　　　　　　005

　　读冰心《腊八粥》有感　　　　　　　　006

　　读孙犁《报纸的故事》有感　　　　　　008

　　读何为《第二次考试》有感　　　　　　009

　　读贾平凹《五味巷》有感　　　　　　　011

　　读郁达夫《故都的秋》有感　　　　　　014

《男人的一半是女人》读后感　　　　　　　018

《聚散两依依》读后感　　　　　　　　　　021

关于琼瑶小说　　　　　　　　　　　　　　023

《家》的随想　　　　　　　　　　　　　　025

关于《家》《春》《秋》的畅想　　　　　　027

关于《三国演义》的内容梗概　　　　　　　030

读张文木先生一书的体会　　　　　　　　032

三个典故的焕然一新　　　　　　　　　　035

重新认识钱锺书　　　　　　　　　　　　038

《镜花缘》偶读　　　　　　　　　　　　040

纵横看问题　　　　　　　　　　　　　　042

"无为而治"的联想　　　　　　　　　　045

话说《白鹿原》　　　　　　　　　　　　046

善与恶的转化——《京华烟云》读后感　　050

《生死疲劳》与莫言　　　　　　　　　　053

关于《鲁迅与周作人》读后随想　　　　　055

关于杨绛先生的《我们仨》　　　　　　　060

· 红学漫谈

关于《红楼梦》的地点问题　　　　　　　062

《红楼梦》的回目　　　　　　　　　　　064

《红楼梦》的诗词问题　　　　　　　　　　066

　抄家寻物内外别　宝钗自律搬出园　　066　068

　刚柔姐妹同抗争　殊途同归为玉碎　　069

《红楼梦》八十一回后的畅想　　　　　071

"金玉良缘"还是"木石姻缘"　　　　073

新续红楼本色现　曹公原意张之延　　076

阅读《红楼梦》的意外收获　　　　　079

体病好治　心病难疗　　　　　　　081

《西厢记》与《红楼梦》的关联　　　082


·外国文学

　关于巴尔扎克小说系列感受　　　　　084

　　重读《欧也妮·葛朗台》　　　　　085

　　巴尔扎克小说的综合印象　　　　　086

　　《幻灭》读后感　　　　　　　　　087

高尔基的《童年》　　　　　　　　091

　　高尔基《我的大学》　　　　　092

关于《复活》的思考　　　　　　093

《罗密欧与朱丽叶》　　　　　　095

关于托尔斯泰的《战争与和平》　096

## 生活篇

· 综合杂文

相见不如怀念　　　　　　　　　100

爱与恨的随想　　　　　　　　　101

烟茶的功效　　　　　　　　　　102

懒惰的蚂蚁　　　　　　　　　　103

生死相随　　　　　　　　　　　104

从哪里来？到哪里去?!　　　　　105

西单商场时间 108

巧 合 109

候会的苦恼 110

我的七次搬家经历 112

走错门 117

父亲的绰号 119

小伙坐电梯走神 121

失而复得的粮票 122

番茄酱的故事 124

当家的尝试 126

关于雍正上位称帝问题 128

面对夕阳的六种境界 130

陕西人艺《白鹿原》点评 132

狭路相逢 猫有专道 133

疫情当前给儿子理发 134

· 传统文化

英子胡同的宁静　　　　　　　　　　135

弘扬民族文化　了解茶中黑马　　　　139

从砖塔胡同到兵马司胡同　　　　　　146

母亲包的粽子　　　　　　　　　　　155

"道路街"称呼不同　京津沪殊途同归　159

书法千古事　得失寸心知　　　　　　161

醉文明　赏瓷器　　　　　　　　　　167

王维的诗与书画　　　　　　　　　　173

神秘的绥庐小院　　　　　　　　　　175

北京豆汁儿　　　　　　　　　　　　177

有故事的粉子胡同 19 号　　　　　　178

北京西城——京剧的发祥地　　　　　181

护国寺的观感　　　　　　　　　　　182

聆听"宣南文化"讲座　　　　　　　185

收藏名人字画　探寻宣武名人故居　　　　　　　187

南竹北移　风采依然　　　　　　　　　　　　　189

南湖寻阳碧波荡漾　弘扬传承粽子文化　　　　　191

绅士雅居与驿站之别　　　　　　　　　　　　　193

齐白石故居和旧居　　　　　　　　　　　　　　195

百花深处——最富诗情画意的胡同　　　　　　　196

西城五塔　东城无塔　　　　　　　　　　　　　198

赞国槐　夸市树　　　　　　　　　　　　　　　200

相爱的飞鸽　迷失的胡同　　　　　　　　　　　202

读书篇

# 《精读文萃》系列读后感

《精读文萃》一书已经初步浏览，说是"浏览"，未免与事实不符，因为，我通读完这本书，至少花了好几个月的时间，但即便再多花费点时间，我认为仍叫浏览，道理很简单，这是一本优秀文章的集子，有时不少文章花上一两个星期学习也不足为奇，更何况厚厚的一本，足有两指宽那么厚，又都是些好得不能再好的文章。

浏览此书以后，我深深地感到收获实在是太大了，无论是处世待人，还是文字表达；无论是知识伦理，还是民间俗语。只是有一点让人很是着急，那就是消化成为自己的部分依然是少得可怜，因此，我决定再将此书精选一小部分进一步研读，仔细想来，主要学到下面一些东西：

一是作家的精神，无论到何时何地，这都将成为我阅读的第一目的；二是写作手法，语言应用，旁征博引、引经据典的内容，俗话成语，文章结构，逻辑思维等；三是有可能的话，再从精选中的文章选五六篇背诵一番，这样才能真正看在眼里、记在心里、融在血液中，变为自己的东西。

根据阅读的感受，我初步筛选了 15 篇文章，其中有 6 篇与旅游有关的，这 6 篇均注重景色的描绘，是我特别喜爱的；还有 6 篇属于生活气息较浓、语言表达朴素流畅，没有刀砍斧劈的痕迹，更没有矫揉造作之嫌，我喜欢这种带有浓郁乡土味的文章；剩下 3 篇，有鲁迅的 2 篇讽刺杂文，政治性极强；还有 1 篇也属此类。这里选出 7 篇的感想呈现出来。

1986 年 8 月 8 日于廊坊

第一篇

## 读朱自清《背影》有感

这是一篇优秀的抒情散文。作者集中描写了父亲去买橘子的背影，从中体察到父亲的爱。文中形象真切、生动，情感也就抒发得自然、深沉、动人，读来十分感人。

中心思想主题扣得较紧。文章一开始就点题："我与父亲不相见已二年有余了，我最不能忘记的是他的背影"，这是第一次点题。

第二次提"背影"时，是作者看见父亲为自己买几个橘子，翻过铁道上下攀爬后的感觉，"我看见他的背影，我的泪很快地流下来了"。紧接着，父亲买了橘子，准备离去时，又嘱咐了几句，尔后就混杂在人群中消失了，作者叙道："等他的背影混入来来往往的人里，再找不着了，我便进来坐下，我的眼泪又来了。"第三次提到背影，作者对父亲炙热的爱也体现出来了。等到文章结尾，作者接到父亲的来信，信中说道："我身体平安，唯膀子疼痛利害，举箸提笔，诸多不便，大约大去之期不远矣。"作者在此最后一次点了题，"我读到此处，在晶莹的泪光中，又看见那肥胖的、青布棉袍黑布马褂的背影。唉！我不知何时再能与他相见！"

　　这里值得一提的是，在短文中作者四处提到了"背影"，而除了第一次提到背影时纯粹是扣紧主题外，后面三次都与"眼泪"连在一起了，可见作者是多么爱自己的父亲。在写作手法上，这三次"泪"的描述是有层次的，第一次是"我的眼泪很快地流下来了"，这里仅指流泪罢了；第二次是"我的眼泪又来了"，这次强调的是第二次流泪了；第三次，也就是文章的结尾处，作者读完了父亲的来信，"在晶莹的泪光中，又看见那肥胖的、青布棉袍黑布马褂的背影"。显然，这次流泪的程度是前两次无法相比的，我以为，把"眼泪"与"背影"相联系的表述更加使人感到"背影"的伟大，更加感受到作者对父亲的真挚之爱。总之，这是一种值得借鉴、仿效的写作手法。

1986 年 8 月 14 日于廊坊

第二篇

# 读许地山《落花生》有感

《落花生》是一篇形象性、思想性兼备的散文小品，从平凡的小物什里挖掘出不平凡的东西，以小见大，耐人回味。

《落花生》这篇文章有以下几方面值得学习借鉴：

文章语言的朴素、自然、流畅，生活气息极浓，如"父亲问孩子：'你们爱吃花生么？'孩子们都争着答应：'爱！'父亲又问：'谁能把花生的好处说出来？'姐姐说：'花生的味儿很美。'哥哥说：'花生可以榨油。'我说：'花生的价钱便宜，谁都可以买来吃，都喜欢吃它，这就是它的好处。'"

这段问答之中没有编造的痕迹，觉得生活中就是如此，尤其孩子们争着回答的场面，我脑海中也能想象出孩子们回答父亲的情景。

文章短小精悍。全文也就二三百字，但其表述的思想却叫人难以忘怀。通过这篇短文，我们应该学会怎样从生活素材中提炼材料，并进行创造。

文章的思想性极强。它教会人们究竟做什么样的人，"父亲说：'所以你们要像花生，它虽然不好看，可是很有用。'"这个道理说得太好了，一个徒有其表，而并不能干事的人是没有用的，我就应该像花生那样，而不是像苹果、桃子和石榴那样。

1986 年 8 月 14 日于廊坊

第三篇

# 读冰心《腊八粥》有感

　　我读这篇文章主要目的是仿效该文作的一篇"粽子"的文章。冰心的文章是按照时间顺序叙述的。这篇小巧的抒情散文，以煮腊八粥纪念亲人为线展开全文，表达了人们对周总理深深的怀念之情。全文材料集中，运思精巧，情深而意浓。结尾"泫然地低下头去"，使全文的情感达到了高峰。

　　本文的段落经典分析：

　　第一小段：开门见山地指出，何时何日是吃腊八粥的日子，即农历十二月初八。

　　第二小段：指出腊八粥是用什么做的，是用糯米、红糖和十八种干果掺在一起煮成的。

　　第三小段：讲述吃腊八粥的由来，或者说，为什么要吃腊八粥。

　　第四小段：继续叙述吃腊八粥的延伸意义，即纪念母亲。

第五小段：偶然之间，作者瞧见第三代几个孩子，正在准备做腊八粥，作者认为现在生活好了，"现在为什么还找这个麻烦？"

第六小段：晚辈们以纪念母亲的方法用来纪念我们敬爱的周恩来总理，并赋予腊八粥新的含义："现在我们为了纪念我们敬爱的周总理，周爷爷，我们也要每年煮腊八粥。这些红枣、花生、栗子和我们能凑起来的各种豆子，不是代表十八罗汉，而是象征着我们这一代准备走上各条战线的中国少年，大家紧紧地、融洽地、甜甜蜜蜜地团结在一起……"

第七小段：只有一句话，"我没有说什么。只泫然地低下头去，和他们一同剥起花生来"。"泫然地低下头去"，表明作者对周总理的无限怀念之情，并将这种怀念之情化为行动，即用做腊八粥来寄托、来缅怀。至此，腊八粥又跟纪念前辈联系起来了，结尾也的确使全文的情感达到了高峰。虽然"低下头去"，却使"感情高升上去了"。

总而言之，通过段落的分析就会发现，此文思路清晰，逻辑性强，文理畅通，语言朴素，没有什么斧劈刀砍的痕迹，也没有堆砌辞藻之嫌，实在是一篇值得仿效的好文章。

**1986 年 8 月 16 日于廊坊**

第四篇

# 读孙犁《报纸的故事》有感

本文记写的是闲情逸致，题材有趣。特定的时代背景产生了特定的生活爱好。这爱是那样痴迷，那样令人忍俊不禁。细细读来，别有一番情趣。文中的心理描写堪称精到。

我喜爱这篇文章，除了因为它是真实的、朴实的、有趣的描写外，从这篇短文中，我还能学到作者在恶劣环境下如何坚持学习的崇高精神。由此我想起了念中学时，在家中订阅《文汇报》《新民晚报》的事，母亲理解不了，只有父亲多少能理解一点。当然到念大学时就不存在这些问题了，工作后条件就更优越了。

本文的段落经典分析：

第一大段：作者有订份《大公报》的想法，描述是层次递进的。作者失业家居，想订份《大公报》。作者养成阅读《大公报》习惯的缘由。《大公报》吸引作者的地方是什么，他想投稿，也是想订这份报纸的原因。

第二大段：作者想与妻子商量一下订报的事，但失败了，而且败得挺惨，伤了自尊，但他知道妻子是有这笔钱的，当然，他知道钱是来之不易的。最后只有向父亲求救，父亲爱子心切，总算答应他订一个月。

第三大段：订上报纸趣闻轶事。描述层次是这样的：三块钱花得很气派，每隔三日，邮递员专门骑车送来；专心阅读，完好保存；妻子询问投稿的下落，从中可见妻子也还是爱丈夫的；妻子建议用《大公报》糊墙壁；作者仍然对墙壁上的报纸十分感兴趣，经常阅读。

从阅读过的孙犁的几篇文章中发现，他的散文均是朴朴素素，甚至语言的表达还使人感到有点"随随便便"，仔细研究却发现，又都是形散而神不散，这是很值得学习的。

1986 年 8 月 18 日于廊坊

第五篇

## 读何为《第二次考试》有感

本文给我最大的感受是语言表达的准确性，学习此文主要摘录一些语句。这是一篇叙事散文，人物形象鲜明。考生陈伊玲的才华、活力、大公无私，苏林教授的老练、明达、珍惜人才都极富个性化。结构上双线并行、自然、严谨，情节波澜跌宕，都说明这是一篇上乘之作。

文章经典摘录：

### 一、描述陈伊玲唱歌唱得好的语句

"初试时成绩十分优异：声乐、视唱、练耳和乐理等课目都列入优等，尤其是她的音色美丽和音域宽广令人赞叹。而复试时却使人大失所望"。

"以她灿烂的音色和深沉的理解惊动四座"。

### 二、显示教授们的表情语句

"门外窗外挤挤挨挨的都站满了人，甚至连不带任何表情的教授们也不免暗暗递了个眼色。"

"一向以要求严格闻名的苏林教授也不由颔首表示赞许，在他严峻的眼光下，隐藏着一丝微笑。大家都默无一言地注视陈伊玲"。

"这些考试委员和旁听者在评选时几乎都带着苛刻的挑剔神气。"

"在座的人面面相觑，大家带着询问和疑惑的眼光举目望她。"

### 三、关于陈伊玲素相外表的描写

"嫩绿色的绒线上衣，一条贴身的咖啡色西裤，宛如春天早晨一株亭亭玉立的小树。众目睽睽之下，这个本来笑容自若的姑娘也不禁微微困惑了。"

"虽然她掩饰不住自己脸上的困倦，一双聪颖的眼睛显得黯然无神，那顽皮的嘴角也流露出一种无可诉说的焦急，可是就整个看来，她通体是明朗的、坦率的，可以使人信任的"。

"表格上的那张报名照片是一张叫人喜欢的脸，小而好看的嘴，明快单纯的眼睛，笑起来鼻翼稍稍皱起的鼻子"。

### 四、台风袭击后的景象

"窗外断枝残叶狼藉满地，整排竹篱委身在满是积水的地上，一片惨淡的景象。"

"那弄堂里有些墙垣都已倾塌，烧焦的栋梁呈现一片可怕的黑色，断瓦残垣中间时或露出枯黄的破皮碎片……"

1986 年 8 月 19 日于廊坊

第六篇

# 读贾平凹《五味巷》有感

## 一、文章特点

本文包含着多少社会内容呢？民俗味，是那么足；人情味，是那么深；语言是那么生活化；地方特色又是如此的浓厚。

## 二、学习要点

（一）文章的精练语言。

（二）文章的结构安排、逻辑思维。

（三）有很强的仿效价值。

### 三、重点研究文章结构和自然段分析

（一）夜晚的巷子，并说明巷名"五味"的由来。

（二）"五味巷"房屋的结构、外观、面貌。

（三）"五味巷"的春夏秋冬，一年四季景不同。

（四）"五味巷"和睦的人际关系。

（五）"五味巷"五湖四海云集的人士。

（六）"五味巷"的早上景观。

（七）最后，再次点题"五味巷"，当然点得恰到好处。

### 四、文章之间的衔接比较自然活泼，不枯燥

如春夏秋冬各小节之间的衔接就很值得借鉴：

（一）春天："城内大街是少栽柳的，这巷里柳就觉得稀奇。冬天过去，春天几时到来，城里没有山河草林，唯有这巷子最知道……"

（二）夏天："到了夏日，柳树全挂了叶子，枝条柔软修长如长发……"

（三）秋天："若是秋天，这里便最潮湿，砖块铺成的路上，人脚踏出坑凹……"

（四）冬天："孩子们是最盼着冬天的了。天上下了雪，在楼上窗口伸手一抓，便抓回几朵雪花，五角形的，七角形的，十分好看……"

### 五、文章首尾的点题生动活泼，妙趣横生

第一小段写道："但生活用品，却极方便：巷北口就有四间门面，一间卖醋，一间卖椒，一间卖盐，一间卖碱；巷南口又有一大铺，专售甘蔗，最受孩子喜爱……巷本无名，借得巷头巷尾酸辣苦咸甜，便'五味，五味'，从此命名叫开了。"

在文章的最后一段，作者进一步地描绘："1981 年冬，我由郊外移居城内，天天上下班，都要路过这巷子，总是带了油盐酱醋瓶，去那巷头四间门面捎带，吃醋椒是酸辣，尝盐碱是咸苦。进了巷口，一直往南走，短短小巷，却用去我好多时间，走一步，看一步，想一步，千缕思绪，万般感想。出了南巷口，见孩子又拥集在甘蔗铺前啃甘蔗，吃得有滋有味，小孩吃，大人也吃。我便不禁两耳下陷坑，满口生津，走去也买了一根，果然水分最多，糖分最浓，且甜味最长。"

从此篇文章首尾扣题的描述中，我们可以发现，开头时，"五味"只是提一下，点一下，并为以后的描述作了铺垫。结尾部分再扣题时，就深了一层，说出了"醋椒盐碱"是象征着生活中的"酸辣苦甜"。作者看到了孩子们吃甘蔗后，自己也买了一根，一尝"果然水分最多，糖分最浓，且甜味最长"，这使人马上感到生活中虽然有"酸辣咸苦"，但更多的却是"甜"，好像甘蔗似的"甜"，甜味最长、最浓、最多。当然"甜"肯定构不成生活的全部。仅有"甜"，却没有"酸辣咸苦"的陪衬、对比，也不成为甜。因此，对

于生活中的"酸辣咸苦甜"，我们都要笑容满面地接受。对于"酸辣"不必愁眉不展；面临"咸苦"无须烦恼忧伤；而当"甜"乐降临，更没有必要过于高兴，忘乎所以，这点我已经能逐步做到了，这正是成熟的表现。

啊，生活，"酸辣咸苦甜"。

1986 年 8 月 20 日于廊坊

第七篇

## 读郁达夫《故都的秋》有感

我来"故都"已经三年有余，对于"故都"的秋多少有点感触，曾几何时，我也想描述一下"故都"的春夏秋冬四季，因为文字驾驭能力有限，加上忙碌，终究未能如愿，现在再阅读这篇《故都的秋》，进一步明白了如何从细致处着手的描述方法。这篇佳作是值得细细品味、深入消化的。同时，也值得效法。

文章经典摘录：

"秋天，无论在什么地方的秋天，总是好的；……我的不远千里，要从杭州赶上青岛，更要从青岛赶上北平来的理由，也不过想饱尝一尝这'秋'，这故都的秋"。

"江南，秋当然也是有的；……只能感到一点点清凉，秋的味，秋的色，秋的意境与姿态，总看不饱，尝不透，赏玩不到十足。"

"不逢北国之秋，已将十余年了。在南方每年到了秋天，总要想起陶然亭的芦花，钓鱼台的柳影，西山的虫唱，玉泉的夜月，潭柘寺的钟声。在北平即使不出门去罢，……自然而然地也能够感觉到十分的秋意。"

"北国的槐树，也是一种能使人联想起秋来的点缀。……古人所说的梧桐一叶而天下知秋的遥想，大约也就这些深沉的地方。"

"秋蝉的衰弱的残声，更是北国的特产；……这秋蝉的嘶叫，在北平可和蟋蟀耗子一样，简直象是家家户户都养在家里的家虫。"

"还有秋雨哩，北方的秋雨，也似乎比南方的下得奇，下得有味，下得更象样。"

"北方的果树，到秋来，也是一种奇景。……是北国的清秋的佳日，是一年之中最好也没有的 Golden Days。"

"有些批评家说，中国的文人学士，尤其是诗人，都带有很浓厚的颓废色彩，所以中国的诗文里，颂赞秋的文字特别的多。但外国的诗人，又何尝不然？……可是这秋的深味，尤其是中国的秋的深味，非要在北方，才感受得到底。"

"南国之秋，……比起北国的秋天，正象是黄酒之与白干，稀饭之与馍馍，鲈鱼之与大蟹，黄犬之与骆驼。"

"秋天，这北国的秋天，若留得住的话，我愿把寿命的三分之二折去，换得一个三分之一的零头。"

文章分析：

（一）扣紧主题，没有一个段落不描述秋，没有一句话离得开秋。

（二）采用了对比写作手法。主要是用南国之秋与北国秋天全面比较，在叙述北国之秋的每个方面都用南方之秋来衬托、陪衬，这样的对比贯穿了全文，尤其是首尾特别提到南国之秋，前后呼应。开始把南国之秋描述得不怎么样，但结尾时也对南国之秋大加赞美，"南国之秋，当然是也有它的特异的地方，譬如廿四桥的明月，钱塘江的秋潮，普陀山的凉雾，荔枝湾的残荷等等……"即便如此，作者在最后一段仍这样描写："秋天，这北国的秋天，若留得住的话，我愿把寿命的三分之二折去，换得一个三分之一的零头"，可见北国之秋多么迷人，令人陶醉，这样也使全文对秋的赞赏、对北国之秋的赞美达到了最高潮。

（三）立体地表现秋的意境。作者大致从下列几方面表现了北国之秋：天色、牵牛花、槐树、秋蝉、秋雨、果树以及外国诗人对秋的表述文章。

我们可以通过此篇文章学习到解决写作中遇到的不知怎么说、从何说起的问题。当然，立体化描述的构思至关重要，细心的观察是必需的，生活的积累也是必不可少的。

1986 年 9 月 3 日于廊坊

《精读文萃》一书，全部通览了以后，又精选了 15 篇佳文精读，现已将 15 中的 7 篇生活气息特浓、语言朴素流畅的佳文读完，剩下大篇游览性散文我就不打算多费时间。

近来，多少有点烦躁不安，也不知道为什么对原先我相当喜欢的旅游散文，竟提不起兴趣来了。闲情逸致一点也没有了，有的只是烦闷、忧愁和悲伤。

初步计划，下一步先读完《鲁滨孙漂流记》，而后再读一两本经济书籍，同时，千万要抓紧英文的学习，希望通过阅读转变自己的心情，摆脱无谓的悲伤情绪。

1986 年 9 月 9 日于廊坊

> 小结　以上 7 篇文章均为生活气息较浓郁的短文佳作，之后将以极大的兴趣研讨描述祖国大好河山的游览文章，想必会有较大收益的，我是特别喜爱这类文章的，因此，我将以浓厚的兴趣细心阅读，仔细揣摩这些佳作名文，达到陶冶情操，提高文学修养和文字表达能力的目的。

# 《男人的一半是女人》读后感

我花了两天的时间，将这本小说作了分析，这么一动手、一消化，对我的启迪就更大了，以小说中章永璘的思想变动为主线，我的思路和体会较为清晰了，应该概括成以下几个方面。

## 一、关于对主题思想的认识

首先，必须抓住小说题目与内容的关系："男人的一半是女人"，这句话的重点不是指男女思想上、精神上的相互慰藉、相互帮助，而主要是指男女之间相互吸引，这就是社会上为什么好多夫妻在思想上难以求得一致，甚至"感情"已经破裂，但却能安然生活下去的原因。曾几何时，男女的关系只强调道德的力量、思想的一致，即所谓"志同道合"，而忽视了男女之间由生理"异性相吸"，但这几年又由原来的这一极端一下子转向另外一极端，即开始只追求生理因素引起的异性相吸。但真正从更高的角度来探讨男女之间的既简单又复杂，既容易理解又令人难以捉摸的两性关系的作品却寥寥无几，无疑，张贤亮的这部作品仿佛给处在浓雾之中辨不清东西南北的年轻人一线曙光。人们透过迷迷蒙蒙的笼罩在男女之间的"雾气"，看清了原本能够一目了然的男女之间的爱情、婚姻、友情等的关系。原来，爱情就是以生理因素为前提而发展起来的男女之间的婚姻关系，当然这样的表述是不够准确的，但生理因素无疑是给热恋着的人们一服清醒剂。由此可知，男人的一半是女人，主要是指生理方面的因素这一点，当然也指生活上女人的作用，扶持帮助了丈夫事业上的发展，等等。

## 二、思想因素与生理因素的统一问题

在爱情这一问题上，人们既想找到外表美丽，而思想意识上又能"志同道合"的伴侣；爱的内涵：精神和物质、意识和生理、幻想和存在，得到和谐的统一，这是最完美的爱情。正像有人所说的："真正有爱情的婚姻在一千对夫妇中只有一对。"可见，不统一的占绝大多数，这就使得爱情的两因素在男女之间的爱情中形成了分离。有的仅有生理的满足，绝无精神上的相互理解，章永璘自己属于这一类，这实际上把男女之间的关系倒退到了人类起源的阶段，倒退在动物的性本能上了；有的共鸣点多，生理上也得到了满足，这在社会上还占少数。由于大部分男女的接触范围有限，不少人选择的对象太少、局限性大。也有少数仅仅是精神上相互有了依托，但生理上由于种种原因，却得不到足够的享受，如章永璘有一阵性功能丧失，就是过这种日子。实际生活中的情况也许更复杂。但完全在两方面都得到的人毕竟太少了，有绝大多数人，要么这方面享受多点，要么那方面享受多点，只是程度的不同，因为人们在忍受思想、生理方面的耐性是不一样的。有的人稀里糊涂，只求本能的生理满足；有的人生理满足固然重要，但更注重思想上的一致，感情上的默契。

## 三、思想上一致的艰难性

谁不想找一个思想一致、志趣相投、情操高尚的朋友，但为什么人们却不能找到他（她）呢? 生活中的一些典型实例一次又一次地告诉我们，患难夫妻恩爱久远，不易破裂。原来，共同的遭遇、相似的经历，可以使得萍水相逢的陌路男女很快引起共鸣，甚至同病相怜，这就像电波一样，共同的遭遇、相似的经历就好比相同的电波，很容易就引起了共鸣、同振。而不同的遭遇、不同的经历，尤其是差异较大的，怎么相配也很难引起共鸣。这就是在不同环境条件下生长的两个男女，互相之间难以理解、谅解的原因。但这也不是无法改变的，如章永璘和黄女士虽然遭遇相同，经历类似，因此一接触就能相互理解，进而走上了婚姻之路，但家庭生活开始后，由于双方文化上的差异，使得原来的共鸣变得不协调了，这就是说，后天的文化修养、文明程度可以改变两者之间的关系。但如果双方在思想上认识到这一问题，主观上努力去达到共鸣、同振，也是有可能的。

1986 年 9 月 7 日于廊坊

# 《聚散两依依》读后感

也曾数窗前的雨滴，

也曾数门前的落叶，

数不清，数不清的是爱的轨迹，

聚也依依，散也依依。

也曾听海浪的呼吸，

也曾听杜鹃的轻啼，

听不清，听不清的是爱的低语，

魂也依依，梦也依依。

也曾问流水的消息，

也曾问白云的去处，

问不清，问不清的是爱的情绪，

见也依依，别也依依。

这是一部描述关于近乎疯狂的、一见钟情的爱情小说，这是一种避开了爱的内容，而去追求爱的形式，一种虚无缥缈近乎神话的爱。盼云思念逝去的丈夫是好理解的。但高寒的爱仅仅在于能与之共奏协调、和谐的"聚散两依依"的曲子罢了，仅因此就能萌发出疯狂的爱情，神话般的爱情，真让人难以置信。其实，很多人是像盼云与丈夫结婚后那样过着平淡的生活。生活也教训了可慧，使她依然最终与大伟结成良缘，因为，只有大伟才是真心实意地爱着她的，为认识这一点，她付出了巨大的代价。

1986 年 10 月 5 日于廊坊

# 关于琼瑶小说

我抽空阅读了三本琼瑶的小说，并不是赶什么浪潮和时髦，主要是一些人对琼瑶小说持否定态度，因此，反而引发了我的浓厚兴趣，但因为没有足够的时间，也就只能读上三本，从中多少也能看出一些琼瑶小说的风格了。

《不曾失落的日子》格调沉闷，情节简单，写作手法主要是倒叙、夹叙，思路清晰，人物性格特征显著，个个栩栩如生。我喜欢佳利，不喜欢意珊，讨厌天磊拿不起、放下下的性格。

《聚散两依依》的出色之处，在于情节的曲折，人物变化出神入化，令人猜测不透，尤其是可慧这个人物，通过作者细心描述，巧妙安排，使人觉得她表面上天真稚气，却是有城府、有心机，然而生活却实实在在地教训了她。相比之下，高寒、盼云表面上看来聪明机灵的人却显得那么的傻。尤其是盼云与丈夫结婚后，人们一般认为高寒与盼云的爱情一定就此完结了，但结果却是大团圆。

《心有千千结》这本小说则是另一种表现"暴君"的小说，当然这里揭露的培中、培华以及他们的太太只认钱不认人，自私自利，刻化得入木三分，而雨薇、耿父亲、耿若尘三人的性格都急躁不安，但这两个男人却被这个女人征服了，尤其是耿父亲的遗嘱实在是精彩极了。

琼瑶热还未降温，我已经没有必要再"热上加热"了，该是干正经事、读"正经书"的时候了。

1986 年 10 月 6 日于廊坊

# 《家》的随想

关于《家》，我有很多体会和赞美之词，一是的确说了真话，如三少爷对鸣凤之感情就是如此，有爱情，也有贵贱之分；有隔断，三少爷也有"三心二意"之时，只可惜鸣凤对人忠心耿耿、一心一意，只落得如此悲惨之路。二是的确是有感而发，有生活之基础，没有无病呻吟，没有胡编乱造之痕迹。三是塑造之人物个个特征明显，有血有肉，感情丰富，栩栩如生。四是文字流畅，朴实准确，并没有华美之词，也没有哗众取宠之意，是一种看似平淡朴实，实为精练准确朴实之词，充分表现了巴金的文字驾驭能力，表现了巴金深刻的文学涵养。五是描写精细，层次分明，文字自然，是特别值得仔细研究的文学巨著。

关于《家》，还有一方面的重要体会，就是小说中描述的一些婚姻案例，并没有随着旧社会制度的消亡而消失。当然，我们的社会已有很大的进步，婚姻趋于自由，离婚已司空见惯，但不能说，梅表姐已经绝迹，鸣凤这类人已荡然无存。包办婚姻的现象仍然存在。

从上面这种意义出发，我认为《家》还远未过时，《家》不仅对揭露那个封建制度有着重要意义，对当今社会也很有借鉴之处。

　　潜心阅读巴金的《家》，想到了很多很多，我想到了自己的家，一个破落地主的江河日下，一个工人儿子的苦心拼搏，一个孙子辈的东山再起。想到了社会上各种婚姻状况，有的是多么的美满，有的是多么的功利，有的是多么的和谐，有的是多么的矛盾。想到了爱情，有的是因为爱情而成为终身伴侣，有的仍然是先结婚而后恋爱，有的是父母破坏了儿女的美满姻缘，有的还是父母为儿女牵线搭桥共结秦晋之好。爱情是美好的，婚姻是有条件的，生活是实实在在的。

　　读《家》使我想到自己的家，想到那沪上苏州河边石头小路弄堂中的寒舍陋室，想到自己曾经的爱情。如果能够轻松驾驭文字，或许我也能写上一个《我的家》，这是后话、戏话、疯话。

2002 年 10 月 4 日于双花园

# 关于《家》《春》《秋》的畅想

在一个多月的时间里，我相继读完了巴金的《激流三部曲》——《家》《春》《秋》。在阅读《家》《春》以后，我曾设想不必再费时间读《秋》了。但是，就像看电视连续剧，有一种欲望，老想知道故事的结局，知道事情的结尾。于是，在这种想法和冲动驱使下，我又花了一星期的余暇，仔细阅览了《秋》，真乃感慨万千，浮想联翩，畅想不断。

"秋"的意境淋漓尽致地表现出来了，这主要体现在《秋》所展现的内容和"秋意"是多么的协调和匹配。在封建礼教制度下，瑞珏、梅表姐、蕙表姐、淑贞四妹、枚表弟和鸣凤，一个个相继离大家而去，而且均是好人，均是被制度、礼教、困境逼迫而去，这些惨痛的现实与深秋的意境如此匹配。"一片枯黄的树叶飘到觉新的肩头，……他又把第三片树叶送到水里去了……"，这种落花流水的场景不正是秋天的意境，不正是高家人间悲剧的真实写照吗?!

在《秋》中看到了高家败落之路。高家的败落原本没有什么意外和悬念，高家也不可能永远像高老爷在世时那样辉煌，问题是何以驱使高家败落？是坐吃山空、挥霍无度、骄奢淫逸、封建礼教、不求进取、自相残杀。觉民何曾帮助大家一点呢？觉慧又曾何时给家里一文一钱，觉新虽然忙忙碌碌，但又多少进账可言。更不要说四爸、五爸，有多少钱可以如此坐吃山空。随着三爸的去世，这个大家庭的败落已成定局，高家房屋、花园终于变卖了 8.2 万元，终于平分而散，各奔东西，就这样，一个不可一世的大家庭轰然倒下，树倒猢狲散了。

这一切均与深秋的意境有着多么匹配的含义。

关于《秋》后的题外话。主角作为高家的孙子，自然对高家的沉沦有着十分悲痛的心情，这是完全可以理解的。但问题是这么大的家庭怎么可能永远维系下去呢？所谓"天下大势，分久必合，合久必分"。可见，大家的分化是必然的，是势不可当的，是迟早的事。况且，分家之后，各家均能相安无事，不再依赖"家长"，不再相互干扰，不再妯娌相争。当然，兄妹表亲也失去了相聚欢庆的场所，也失去了悲剧发生的栖身之地。万般无奈花落去，又何必可惜悲叹。

分家立业以后，觉新能过着清新平静的生活，经过大家的撮合，他还娶了翠环为妾，终于过上了祥和、安稳的幸福生活。

觉新和周氏他们仍然与三嫂过往密切，而疏远了四爸、四嫂和五爸他们。

大家庭的破灭未必是什么坏事，觉新也获得了新生，就像他所说："我的上进心并未死去。"一如觉新曾经说过的："没有一个永久的秋天，秋天或者就要过去了。"

春天还会远吗?!

十分巧合，在北京的深秋之夜，我读完了巴金的《秋》，因此，对"秋"的意境，对"秋"的理解有着比在其他季节更为深刻的感受和认识。

秋的意境是凄凉的，虽然不免悲痛和压抑，但因为精心的阅读，充实了自己，心中升起一股暖流，一种对知识渴求后的满足。因此，在我心中却无丝毫的秋意，伴随着杯中绿茶升腾的热气，却是春意盎然。

2002 年 11 月 2 日于双花园

# 关于《三国演义》的内容梗概

曾在人生的低谷，于是拥有大量的时间，可以潜心阅读罗贯中的历史名著《三国演义》。与每次阅读名著一样，阅读的过程就是享受的过程，就是思考的过程，就是回味的过程，就是收获的过程，就是走出低谷的过程。时常钻到狭小的库房，打开台灯，可以看到罗贯中《三国演义》三册，整整齐齐地排列着，心想，如此鸿篇巨作，没有一个整块的时间段是不能贸然开始阅读的。在生活低迷的深秋，我毅然下定了决心通读。

今日，在隆冬中午的阳台上，尽管外面寒风凛冽，但阳台上温暖如春，于是将近两个月的阅读，深埋心中的诸多体会一并写出，一如山涧的溪水，涓涓流淌出来，又好似锦鲤浮上了水面、跳向了龙门。

从 2001 年 8 月开始重读《三国演义》，历时 19 个月，一年半有余，每次来到新居双花园，一有空闲，便在南窗口，潜心阅读。时而拍案叫绝，时而哑然失笑；时而重温典故，时而旁书心得；时而心系刘备，时而叹服孙权；时而曹胜吴败，时而蜀弱吴强；时而温习三顾茅庐，时而窃笑周瑜量小；时而担忧大意失荆州，时而赞叹得了夫人又不失兵；时而仰慕刘备心慈手软，时而佩服曹操无毒不丈夫；时而担心曹操二十万大军直逼东关，时而又敬佩诸葛亮巧借东风反败为胜；时而钦佩曹操挟天子以令诸侯。曹植七步赋成诗，兄弟相煎何太急；诸葛一生谨慎巧布空城计；知己知彼司马懿老奸巨猾还上当；孟获被擒七次不得不称臣；军令如山诸葛亮挥泪斩马谡；忠臣虽死仍被对手敬，叛君虽生终被敌我弃；司马懿嘱咐子孙不能叛君另立朝廷，司马昭之心路人皆知。

三国之核心是如何利用天时、地利、人和为我所用，尽管书籍颇厚，人物不少，故事很多，但总览全书，说明的道理无非是：天下之大势，仍然是分久必合、合久必分。

2003 年 5 月 24 日于双花园

# 读张文木先生一书的体会

唐先生向我们推荐阅读文木之著已有时日，因为忙于各种事务，时至今日方才完成，悔不该如此之晚。

文木先生之书高屋建瓴，统揽大局，思路宽阔，文笔流畅。他用浅显易懂的比喻和平铺直叙的方法道出了深奥的道理。

《世界地缘政治中的中国国家安全利益分析》一书，通过潜心阅读，至少在以下几个方面有诸多的收益：

一、认清了目前中国经济发展的阶段及中国经济与世界的关系。1979 年以前的中国，总体上来说是自然经济，对国际市场的需求较小，只要关起门来就可以"随意翻跟头、瞎折腾"，并不需要求助于国际市场。但是改革开放以后，外向型经济逐步形成，然而，20 世纪 90 年代以前，因为中国"地大物博"，经济高速发展的资源是可以自给自足的，因此，也不求助于国际市场。但是，近15 年以来，中国持续的经济增长，规模不断扩大，对国际市场的需求也随之扩大，2001 年加入世贸组织后，中国经济全面融入了全球经济之中，对国际市场的依赖性逐步扩大。一方面，经济发展所需要的资源需要进口；另一方面，大量的产品已经过剩，产品必须销到国际市场上。从中国政府推出的发展战略可以看出其中的发展脉络：第一阶段：1976 年到 1985 年，对内搞活，对外开放。门开了一条缝，没有真正与国际市场相联系。此时正值我在国家物价局工作期间，主要是国内外两种商品价格体系，分别作价。第二阶段：1985 年到 1995 年，"大进大出，两头在外"此时大门开了一半，虽然说"大进大出"，仍然主要停留在沿海，而且是经济特区和开发区的"两头在外"，并不是全方位、全面的"大进大出"。第三阶段：1995 年到 2005 年，"走出去"战略的提出，这种战略实际上是把中国的大门彻底打开了，中国经济对国际市场的需求是全方位、全面彻底的。

二、了解了帝国主义的兴衰史。文木的书详尽介绍了近 300 年来帝国主义国家的兴衰史，从西班牙、葡萄牙、荷兰、英国和美国等一系列国家的在世界的霸权和兴衰史，同时对中国的崛起有了深刻的认识。

三、了解了"一战""二战"各国力量对比变化和分割世界的情况。

四、了解了出口信用保险对开放型经济的重要作用。

五、了解了军事实力对保护现代化成果的重要作用，特别是海军的重要作用。

中国经济发展有这么几大问题：一是人口多、劳动力资源多，低素质人口多。二是资源匮乏，特别是人均资源更是微乎其微。三是市场有限，城市是有购买力的，农村购买力则有限。因为购买力有限，不少东西还是卖到国际市场上较为合适。

　　总而言之，在经济发展中的多方面因素，劳动力、资源和资金如何实现同一时间里的匹配，是一个摆在我们面前的重要课题。

　　文木的书是一本好得不能再好的书。

2005 年 1 月 3 日于听雨轩

# 三个典故的焕然一新

## ——读厉以宁教授演讲集有感

前日，参加中阿企业家大会演讲，有暇与同事去王府井书店购得《厉以宁北京大学演讲集》一书，看后感想甚多，尤其对厉教授把几个典故的进一步演化印象深刻。

一是龟兔赛跑，这是众人皆知的故事，但是经过厉教授的演义，却使此典故焕然一新。龟兔赛跑后，兔子提出再赛一次，由于途中兔子不再睡觉，因此，兔子轻而易举地获得了这场比赛的胜利。出人意料的是，龟提出了第三场比赛的要求，而且要由龟来决定赛跑的路线。于是龟选择了一段陆路，自然兔子取得了前段的胜利，而后一段，龟选择了水路，兔子自然比不过龟，于是龟利用自己水陆皆会的特长，取得了第三场的胜利。而第四场比赛是龟兔双方的配合，陆路兔子背着龟赛跑；水路兔子骑在龟身上游行，这样他们发挥了各自的长处，以最短的时间获得了最佳的成绩。

龟兔赛跑故事的演义引发的思考是深刻的，在团队中应该学会彼此配合，扬长避短，互相信任，共同来完成艰巨的到达彼岸的任务。

二是一个和尚挑水吃，两个和尚抬水吃，三个和尚没水吃。这是一个著名的典故。

然而，经过教授的演义，却变成了"三个和尚水缸满"。第一个方案是三个和尚分别挑三分之一路的水，这样，每个和尚在三分之一路中精神饱满，较快地完成了各自的任务，这就直接使水缸在最短的时间里就满了，而且，每个人花的气力并不大，只有三分之一。第二个方案是，干脆建了一个竹水道，把水引进水缸，这样一个和尚负责将水弄到竹筒中，竹筒中间有一个和尚值班，竹筒进入庙里后，再有一个和尚把水引入各个水缸中。

第一个方案，讲的是通过三个人的接力赛，每个人花费的力量较小，但是，能够在最短时间里把水缸弄满。此方案讲的是协同配合。第二个方案，则是进行了创新，专门建立竹筒水道，这个创新使三个人的工作量大幅降低，而工作效率却大幅提高了，不仅一个缸满了，全庙的所有缸均能快速满了。

可见创新之重要。

三是梳子的营销，说明市场是可以创造的。

A营销员去寺庙推销梳子，无功而返，一无所获；B营销员却销售了十余把梳子，其原因是，B营销员告知和尚，梳子可以通血脉，有保健之作用；C营销员去寺庙推销了几百把梳子，其原因是，C营销员劝说寺庙方丈多买几把放在散香处，当香客烧完香后，可以梳理一下头发；D营销员则销售了上千把梳子，其原因是，D 营销员说服了方丈，把梳子作为礼品赠送给香客，这样就销售了上千把梳子。

以上三个典故，厉教授均从经济学的角度赋予传统典故崭新的内涵，从而使典故焕发了青春，延续了其生命力。梳子的故事则用事实告诉我们，市场是可以挖掘和创造的，或者说市场是可以打造的。

2005 年 5 月 7 日于丰汇园

# 重新认识钱锺书

知道钱锺书，恐怕大多数人均是看了《围城》的电视剧以后的事，电视剧是 20 世纪 90 年代拍摄放映的。《围城》中"城里的人想出来，城外的人想进去"也成了众口传播的至理名言。此话虽是说的婚姻，但是，对于职业、兴趣等也莫不如此。人生的愿望大都如此。春节无事，随便翻阅了《钱锺书传》，钱锺书居住在三里河南沙沟高知楼，与我居住的丰汇园相距只有两三里地，而且，三里河又是我十分熟悉的地方，对钱先生的了解也更加全面深刻，这里略述一二。

一是钱先生的"照相机式"的记忆能力，的确让人印象深刻。这是传记中大加赞赏的。同时，其刻苦精神也实在让人感动，大量的手写笔记就是很好的证明。作者在介绍钱先生拟定《管锥编》时，请杨绛太太去原登记处翻找笔记本，拿到家里放了一写字台，因此可见。

二是钱先生的外文水平之高是超乎想象的。但凡汉语水平超高者，一般来说，外文水平均较低，反之亦然。而钱先生在英国剑桥大学的学习经历，使得他不仅有丰厚的西方文学素养，而且还能熟练驾驭英文、法文、意大利文等多种外语，这使得钱先生的文学研究和创造与国内大多数作家不同，特别是钱先生观察问题的视角不仅有足够的深度，更有广度，这也是他能够写出《管锥编》的重要原因之一。

《管锥编》只有钱先生能够写出来。其一，他读书甚多；其二，他记忆力超人；其三，他通晓国内外的事，了解历史发展概况；其四，他勤奋好学，刻苦非凡；其五，他精力集中，排除干扰能力强；其六，他淡泊名利，为人高尚。没有以上六条，《管锥编》巨著是难以问世的。

钱锺书能够大事做成，固然有他的努力和天赋，同时，他有一位志同道合、相濡以沫、情投意合的妻子也十分关键。在最困难的时期，他们一同走过最艰苦的日子。在文学研究上，他们相互帮助、携手共进。杨绛先生也是一名作家，她为钱先生的事业付出了努力，倾注了感情，作出了牺牲。大凡成功人士的背后均有一位贤妻，杨绛就是这么一位幕后英雄。

2006 年 2 月 2 日于浔阳书苑

# 《镜花缘》偶读

前日，读钱锺书的自传，书里提到了《镜花缘》，于是，节日里找来此书一读。读后收益颇多，感想不少，归纳起来有如下几点：

一是作者李汝珍先生想象力非常丰富。清朝，在封闭的中国，人们的想象力几乎不可能达到李先生那样的程度，这是非常值得人钦佩的地方。尽管作品中有些渲染显然已经完全脱离了实际，然而，这种理念仍然值得推崇。

二是对武则天时代突出妇女地位有了深刻的了解。这主要体现在制造机会，为天下才女提供展示才华的机会，淑女的选拔为才女施展才华提供了无限的机会。这也使自己对武则天有了正面的、全面的、更加客观的认识。

三是对《镜花缘》中文学表述留下了深刻的印象。书中的写作手法、文字、俗语等均有很高的水平，大量的内容若能掌握，对于自己的写作均有很大的帮助。

前几天，老丈人来到寒舍，随便聊起《镜花缘》，他老人家感叹，怎么有时间看这样的闲书。实际上我不是有时间看闲书，而是在补课。另外，他老人家又提起《孽海花》。我想下一步抽时间应该看看《孽海花》。所有的名著均应通读、精读、多读。唯有读的书多，方能知书识理、通情达理、入情入理。

要不了十天半个月，《孽海花》将是我攻克的下一个"堡垒"。


2006 年 2 月 12 日于丰汇园南书房

# 纵横看问题

## ——漫谈《少不读鲁迅老不读胡适》

　　网上看到了韩石山先生的《少不读鲁迅老不读胡适》一书，今天正值周日，有时间拜读一番。关于鲁迅，作为读者相对熟悉，主要是他的作品反复阅读不少，而京沪两地是我常常穿行往来之地，也正是先生生活创作之地。鲁迅在上海虹口的墓地距离我曾经就读的上海财经大学仅有两三里地之遥。鲁迅在北京的博物馆更是我常常光顾之地，距离我现在的住地只有一二里地。鲁迅先生曾经居住过的砖塔胡同 61 号，也只与我所住的辟才胡同相隔三四条胡同而已。从这个角度说，鲁迅就在我的身边，他无时无刻不影响着我的思想和生活。关于胡适，了解不多，知之甚少，引发强烈印象的仍然是关于《红楼梦》的相关问题。据了解，蔡元培先生当北大校长时，蔡元培先生曾经研究过《红楼梦》，其学术派别为索隐派，胡适先生不同意蔡元培校长的观点，而最终蔡元培先生接受了胡适先生的观点，这也使毛泽东先生认为，胡适的观点是正确的，蔡元培的研究是脱离实际的。

　　现在，我已将韩石山先生的此书通读，尽管他的一些观点非常独特，意见十分大胆，思路也与众不同，然而他下的最终结论我总不能接受，不愿接受，无法接受。现将韩先生之精辟论述摘录于此，以便分析：

"把鲁迅与胡适作一比较，看得就更为清楚了。鲁迅是个旧文人，他的用语与文风，都是旧的；胡适是个新时代的知识分子，他的用语与文风，都是新的，文是全新的文，人是全新的人。尤其是他对中国社会改造的理念，是向上的，是建设性的。没有偏狭，没有仇恨，只有诚恳的劝导，切实的擘画。鲁迅则不然，气愤、怨恨、诅咒、嘲讽，无所不用其极，偶尔也会说些光明一类的词儿，不是言不及义，就是大而无当。在他那里，是看不到什么建设性的改造中国社会的建言的。"

我对韩先生之观点是不尽赞同的，这是因为：

首先，胡适先生与鲁迅是两个不同层次、不同生活背景的人。与胡适先生相比，鲁迅更具中国历史文化背景，对中国的问题研究、了解、知晓得更透彻一点。这种背景体现在他的文字文风上，他的白话文中难免留下魏晋的古文痕迹，他的文学作品又很难符合现在小说、散文之规范。尽管鲁迅先生也去日本留过学，但当时更多的是学习医学方面的知识。因此，鲁迅先生是土生土长研究中国问题的人，他对问题认识的深刻是无与伦比的，总之，他是从纵向深入研究中国问题的专家学者，尽管他提出的改进意见不太多，但不能因此将鲁迅粗暴地归类为"旧文人"，至于他的文风和文笔烙有魏晋的烙印，这与所处的那个时代节点有关，这与利用古文反映的新思想、新观点并不矛盾。

其次，胡适先生与鲁迅先生有很大的不同，胡先生接受的是西方文化，人家让他推荐十本书，他老人家只写了两本中国的《庄子》和《史记》，其余八篇名著均是外国的。因此，胡先生看问题更随和，所提建议更西化，有些在作者看来更容易实施。但是，正如中国特色，现在西方很多东西移植到中国也还是"水土不服"的。因此，胡先生看问题可能视野更宽，观点新颖，更具有西方特色。

总而言之，鲁迅先生从纵向看问题多一点，也体现在文风和观点上；胡先生横向看问题多一点，视野更宽一些，他们的区别仅此而已。

2006 年 11 月 5 日

# "无为而治"的联想

阅读《于丹解读〈庄子〉》一书，不得不涉及庄子的"无为而治"之理念，当今社会"无为而治"被普遍引用，但是，究竟如何理解"无为而治"的概念，似乎应有一个比较全面的理解。

"无为而治"其本义是无所作为，顺应外界之条件也，或者干脆说：顺其自然，等待时机，此其一。其二，无为而治是为有为而治做准备，也就是说，无为而治是条件所限制，只要环境一变化，有条件时，必然有为而治。其三"治"要注意方式方法，也就是说，治是要有策略的，作为领导的治仍然是调动积极性，让下属各就其位、有所作为，领导进行点拨指教即可。其四，身为领导，要做好该治之事，不能越位、错位、异位而治。例如，你是领导，你不能当运动员。其五，"无为而治"的核心还是强调"有位而治"，强调治的效果、方式、时机和手段。简单理解"无为而治"是片面的，也是不够周到的。

2007 年 5 月 13 日于丰汇园南书房

# 话说《白鹿原》

岳母从大宅中搬出，已故岳父的书籍反倒成了累赘。于是，我从书柜中寻出了几本自认为有价值的小说，其中就有陈忠实的《白鹿原》小说，而这本书居然还有作者的签字盖章。这是一本有启迪的文学巨著。小说从形式上具有价值，但精神上究竟有多少斩获呢？

## 一、福祸的转换规律

主角白嘉轩历经各种磨难，面对过生活中无数困境，但他处事淡定，从未乱了阵脚，何以至此？书中一段"福祸论"应是其中的奥妙所在。

白嘉轩说："世事你不经它，你就摸不准它。世事就两个字：福祸。两字半边一样，半边不一样，就是说，两字相互牵连着，就好比筛面的箩柜，咣当摇过去是福、咣当摇过来就是祸。凡遇好事的时光，甭张狂，张狂过头了后边就有祸事；凡遇祸事的时光也别乱套，忍过了受过了，好事就会跟着来了。"古书上说"福兮祸所伏，祸兮福所倚"就说的这个道理。我的一孔之见，除了忍受之外，"等着"很重要，只要耐心等候，福祸就会在条件成熟时转换变化，此其一。其二，祈福一事不宜奢求暴富，而是应该像小说中介绍的秉承"耕读传家"，就是说，通过"耕读劳作"逐步致富，既不是"小富即安"，也不能追求"一夜暴富"，唯有如此，方能避免大起大落，也能避免如暴发户一般"过手财富、挥霍当下"。其三，就我而言，已经到了知天命的五十多岁。重点历练的不仅是面对福，而是如何面对祸，面对所谓祸的淡定、镇静、处变不惊，等待转机，坐看量变的过程，不期待大富大贵，只历练遇祸的淡定和世事洞察力，常保内心的安宁、平静。唯有如此，方能超越凡人，达到另一种境界。

## 二、耕读传家与福祸转化之规律

赶上了改革开放的好时代，不少人一夜暴富。但是一些人开始担忧家业何以传后，又何以打破千古不变"富不过三代"的规律。书中的传播理念则是值得弘扬光大的，这是通过白嘉轩等望门贵族家庭经过实践验证过的，也是行之有效的。

横批：耕读传家；左书：经书济世长；右书：耕织传家久。

要想世代富裕，一要耕织，即辛勤劳作；二要读书，而且要读经典的诗书，从而知书达理。以上两项缺一不可。一如当今社会一些人一夜暴富，却没什么文化，弄得一个形象不佳的名声，反之亦然，你倒是知书达理，但你不擅"耕织"，一样难以生存。因此求得"耕"与"读"的平衡很重要，也就是说，传家仅"耕"或"读"都不完全。只可惜每家每户主观上均想富裕传家，但终究难以如愿。"富不过三代"是福祸的转换规律，这才有"穷汉生状元，富家多纨绔"，穷则思变，穷想致富，穷人必勤善耕，可见穷会转富。富家有钱，有钱则容易奢侈，花钱如流水，到了则由富转穷。上述情况证明了福祸之转换。由此可见，主观上想"耕读传家"，客观上福祸转换有规律。因此，两者是有矛盾的。尽管如此，人们仍然追寻"耕读传家"，以此抗拒"福祸规律"，这也是每逢佳节，人们到处"贴福、倒福"的原因。认识了上述既平常又深奥的道理，这应该是读此书之外的收获。

### 三、福祸也是高低起伏

福祸也是高低起伏，把福祸更多地理解为生活的起起伏伏，高低错落，更贴近实际。好比说，前途是光明的，道路是曲折的，这样对福祸的理解就上了一个台阶，或者说，把简单的福是好，祸是坏的极端思维，转换为福祸仅是起落差别，这样也就将福祸的极端认识平滑化了，而且，把这样起落认识正常化、必然化，人们就不大惊小怪，无论什么大喜还是大悲，都能欣然接受，坦然面对。福祸仅是起落高低而已，你没有理由只接受阳光、高潮和升涨，而拒绝阴暗、低谷和降落。面对生的欢喜，也需要接受死的现实；面对健康的阳光，也要忍受病魔的痛苦，这才是事物的全部。悠然之中，突然想到侄儿的后代，欣然欢喜之中接受了怀孕的事实，但至今仍然难以面对故去的母亲。可是，如果这个世界仅有生而没有死又会是什么局面。尽管故去的是你的亲人，也需要学会接受。福祸本是事物的两个方面，本是一个物体的整体，本是起起落落的生活全部，本是跌宕错落的规律。因此，我们必须坦然、欣然地接受它、面对它、应付它和适应它。这第三点的认识来自起风周末的思考。窗外大风凛冽，尘土飞扬，枯枝晃动，喜鹊无影，这种天气虽然恶劣，我们也应该学会接受，而不是一味地抱怨。唯有接受了这种恶劣天气，我们才知道什么是阳光明媚，什么是惠风和畅，什么是青秀枝茂，什么是喜鹊叫亲戚到的欢乐场景。唯有如此，我们才会养成环保意识并竭尽全力，打造绿水青山的祖国。接受天气的祸福也是斩获收益。

2013 年 3 月 3 日于丰汇园

# 善与恶的转化——《京华烟云》读后感

"人之初，性本善"，从《三字经》中的描述，人生下来是应该善良的，但是，从《京华烟云》一书的描述来看，主人翁的善恶却是变幻莫测的，是难以一目了然的。

姚先生从善如流，云游四海，探寻道家奥秘，为了研究甲骨文，保护甲骨文，献出了宝贵的生命，他宁为玉碎，不为瓦全，与日本鬼子同归于尽，也不让甲骨文流失。

姚木兰天性善良，与人为善，在一场并无爱情的婚姻中，以情感人、以善感人、以真感人，终于化解了婚姻的危机。曾荪亚从一个纨绔之弟、一个浪荡小子，由"恶转善"，逐步成为负责任的男子汉，成为顶天立地的顶梁柱，成为养家糊口的主力军，成为向南方逃难的组织者。荪亚的转变，蕴含了木兰的善良，这个善良包含了无比的宽容、忍让、迁就和委屈，这个善良说明了木兰的大局观念。作为荪亚之妻，木兰甚至勇敢地排除了"爱情"，放弃了立夫的人间真爱，正是木兰的巨大付出才唤醒了荪亚的真情，才点燃了荪亚已经即将丢失的爱情，还有一点非常之重要，木兰从来没有放弃对荪亚转变的信心，正是木兰的善意，即便是在最困难的时候，木兰仍然对荪亚的转变充满信心、充满期待。由于木兰对荪亚的信心，唤醒了荪亚的良知，激发了荪亚的热情，引导了荪亚走向正道的方向，从而使荪亚脱胎换骨、洗心革面、疾恶如仇，成为一个真正的男子汉。可以肯定地说没有木兰的善良和宽容，就没有荪亚的转变；没有木兰的忍让和包涵，就没有荪亚的重新做人。

牛家的可恶是众人皆知的，因此牛家大多数人获得了应有的下场。牛先生逢迎拍马、阳奉阴违、不可一世，结果暴死牢中；牛太太利欲熏心、唯利是图、攀龙附凤、不择手段，结果被雷电劈死；牛大公子心狠手辣、无恶不作、肆无忌惮，结果被判死刑；牛家之人物是恶有恶报、罪有应得。然而，牛家另外两人却经历了两种不同的善恶转化。牛怀玉是牛家的二公子，他一直为身处牛家而感到羞愧，他自己盼望能够生活在普通家庭，他深深地爱着莫愁，他的善良，他的与众不同，他的出淤泥而不染深深打动了莫愁的心，然而就是这么一个善良、仁慈、敢作敢为的牛怀玉，却因为家族的败落，为了光宗耀祖，重振牛家之业，他弃善从恶，成为历史的罪人、中华的败类，成为一个汉奸。牛怀玉成为一个从善转向恶的典范，最终他没有跳出牛家的道德准则，成为同流合污的一分子。

牛素云则是另一个从恶转善的例子，也是牛家最后仅存的女子。她一贯大小姐脾气，对丈夫襟亚得寸进尺，对公公婆婆不尽孝心，对家财一直有掠夺之心，她唯利是图、惹是生非，弄得家里鸡飞狗跳，以至于婆婆挥手抽打，荪亚追打开枪，最终成为孤家寡人。后来的行为更是劣迹累累，牛怀玉从日本回北京后，姐弟俩狼狈为奸，效忠日本人，谋取姚家甲骨文，最后锒铛入狱，木兰一家仍然尽力营救，从而用人间的善良再次唤醒素云早已丧失的良心，牛素云终于洗心革面，到了尼姑庵，削发为尼去了，走了一条脱俗之路，净化心灵之路。牛素云最终弃恶从善，心灵终于有所改变。

襟亚为人宽厚忠实，当然，宽容之中有点窝囊，忠实之中有点迂腐。然而，襟亚的善良、宽厚唤起了暗香的爱情，他们俩最终有情人终成眷属，两个善良的人走到了一起。

立夫是痛苦的，他没有等到木兰的绣球；立夫是幸福的，他在危难之际，木兰冒死牢狱营救；立夫是悲惨的，他得到了承诺却无法使对方兑现；立夫是幸运的，他得到了天真烂漫莫愁的爱慕之情。立夫的善良与木兰的好心是一脉相承、相得益彰。两个主人翁的善良主导了全书的主线和脉络。

"人之初，性本善"，是否可理解为，人们刚出生时，均是善良的，倘若在一个良好的环境中，善良会继续升华、固化和延续；倘若在一个恶劣的环境中，善良可能退化、淡化、消失甚至转为恶劣；当然当外界条件又由恶劣转化良好环境时，只要真心尚存，同情仍在，一个人的心灵是会继续由恶转善的。

# 《生死疲劳》与莫言

《生死疲劳》长篇小说，上周已经读完，这几天一直在深思，这个作品究竟有什么高超之处？有什么深刻含义？有什么与众不同的特点？于是，把读过的小说，翻来覆去地重温，一而再再而三地回看。至今也没有体会出作品的精髓之处，因此，也就只能泛泛而谈。

一是方法的回顾。这个写作方法是非常独特的，大体是倒叙、夹叙，有时候还直呼作者本人，的确有些魔幻穿越时空的感觉。

二是比喻的独特。用驴、马、猪和狗生生转轮的方法。用动物的眼光看世界，的确别出心裁、与众不同。用动物的眼光看世界，这就跨越了人与一般动物的界限。其实，从根本上说，高级、低级本是人类的区分，没准在别的动物本身看，也许驴、马、猪和狗他们会认为自身是高级动物，而人类未必是高级动物。因此，这种思维，只是恢复了不同动物的本来面貌，而在一些本性，如雌雄相爱之类的问题上，又的确存在诸多共性，并无本质的区别，如果仅从动物性来分析。

三是小说的最主要中心人物是蓝脸。这个蓝脸是个十足的死心眼，单干专业户。从合作社开始，蓝脸坚持单干。一直到了改革开放，恢复了家庭联产承包制，从历史和实际证明了这个老实巴交的农民是正确的。

四是从土地中来的终究要回到土地上去。

在那一亩三分地上，蓝脸耕耘不止，蓝解放最终成为一个副县长，蓝开放子孙三代从这个土地上走出来，又逐步地回到了那只有一亩多的土地上，他们曾经在那块土地上劳作，他们从那土地上汲取营养，获得丰收，最终依照蓝脸死前的要求，将他和家中从土地上获得的粮食统统回馈土地，从土地中来的，还是回馈给土地。这是一种朴素的认识，也使我了解了人与土地的真正关系。

莫言是大家，《生死疲劳》的历史背景，尽管发生在农村，我大致也能理解，这可能是上了岁数的关系。

2013 年 5 月 26 日（周日下午）于浔阳书苑

# 关于《鲁迅与周作人》读后随想
## ——从八道湾胡同 11 号出发引出的故事

一个偶然的机会，在白塔寺药店的东边，一个旧书店里，看到了一本旧书，书名就叫《鲁迅与周作人》，是孙郁先生 2007 年出版的著作，这个书名一下子就吸引了我的眼球。关于鲁迅与周作人，原先知道很少，只知道他们兄弟二人曾经反目，然后分道扬镳，具体原因和细节则知之甚少，于是对这本书产生了浓厚的兴趣，因为是旧书，原先 34 元的价格，现在只需要 10 元就可以购买了。

花了差不多个把月的时间，阅读完了这本书，这才算对鲁迅与周作人兄弟两人手足之情和恩恩怨怨有了细致的了解。鲁迅与周作人是兄弟关系，鲁迅为长子，名为周树人，周作人为二弟，三弟为周建人。鲁迅首先从绍兴老家去南京学习工作，然后到北京工作发展，最后去了上海。1901 年，鲁迅将周作人介绍到南京的水师学堂学习，一学就是五年。这样兄弟两人一同学习并步入文学、历史研究和翻译的轨道。1906 年 8 月，鲁迅先生又将周作人带到日本留学，专攻文学、翻译。1911 年 5 月，周作人结束留学生活，携家人返乡。1917 年 4 月，周作人通过蔡元培，被介绍到北京大学，他与哥哥同住在宣武门外南半截胡同的绍兴会馆。1919 年 11 月 4 日，鲁迅花了 3500 元购置了八道湾胡同 11 号罗家的大院。鲁迅将母亲和兄弟周作人、周建人及其家属一共十几口家人都接到了八道湾胡同 11 号大院生活。鲁迅先生和周作人都追求文学、历史、翻译的研究学习。在八道湾胡同居住期间，鲁迅和周作人兄弟两人，著作丰厚，成绩卓著。鲁迅创作了《阿 Q 正传》《风波》《故乡》《社戏》和《端午节》等小说。周作人则有《圣书与中国文学》《山中杂信》《自己的园地》《文艺上的宽容》和《贵族的与平民的》等著作问世。"五四"时期，周氏兄弟是以一体的形象出现在文坛的。那时的蔡元培、陈独秀、李大钊、钱玄同和刘半农，把他们称为"周氏兄弟"，可见当时鲁迅和周作人两兄弟在文坛声誉良好、名望颇高、地位相当。鲁迅学习的同时，关注民众的疾苦，而通过对社会的了解和国情的知晓，重新考虑自己的学习，读书而不唯书本，要从民众的疾苦中汲取营养，并由此决定自己的文学道路，使自己的文章大多背负民众的期望，文章大多具有一定的批判性，批判军阀、政府和外国帝国主义。特别是去上海后，鲁迅先生增加与年轻学生的交流沟通，参加左翼文化运动，思想更加趋于革命，鲁迅还阅读了不少马列主义的著作。鲁迅尽管文章犀利，充满火药味，充满斗争性，但是，他与民众和学生们在一起，却幽默诙谐，亲和友善，平易近人。而周作人看似平和儒雅，却内心苦涩，与人交道生硬，尽管也能在一定程度上看到社会的矛盾和阴暗面，然而他总是回避矛盾和躲避问题，以至于只愿独身书房，就读书而读书，唯学问而学问。周作人，虽然也研究文学和翻译，甚至在一定的文学领域造诣不浅，成就不小，声望显赫。但是，面对社会的矛盾和问题，特别是日本入侵这样的大是大非问题，他更愿躲藏在书房之中，回避社会问题，沉浸在花花草草之中。在日本入侵北平之时，一些有名望的教授学者均逃往南方，坚决不当亡国奴。而周作人却固执地留在京城。在日本人到来之后，服务日伪政府。从而他无论在文学领域学术上有多高的造诣和水平，也得不到学术界的肯定，更得不到人们的原谅。鲁迅与周作人，在北京八道湾胡同 11 号共同居住出发，到两人反目、分道扬镳，尔后，鲁迅再临时居住在砖塔胡同 61 号，最后，为了安慰母亲，又不得不向朋友们借钱购置了阜成门内的西三胡同一处房子，也就是现在的鲁迅博物馆中的小院子。关于兄弟的恩怨是非，鲁迅很少与朋友们谈起，心中的纠结和烦恼，只有他自己知晓。而周作人则不一样，他常常把对鲁迅的不满公之于世，甚至还写到一些文章之中。那么周氏兄弟二人究竟在八道湾胡同 11 号共同居住时有什么恩恩怨怨呢？后来，许寿裳先生在《亡友鲁迅印象记》中谈及兄弟两人的冲突，点明其中原委。文章写道，作人的妻羽太信子是有歇斯底里性的。她对于鲁迅，外貌恭顺，内怀忮忌。作人则心地糊涂，轻听妇人之言，不加体察。致鲁迅不得已移居外客厅而他总不觉悟。鲁迅遣工役传言来谈，他又不出来，于是鲁迅又搬出而至砖塔胡同了。从此两人不和，一变从前"兄弟怡怡"的情态。尽管周作人对于许寿裳先生的解释并不认可，还颇为不满。但他谈及与鲁迅的决裂失和之事，也未说出个所以然来。固然周作人的这种不辩解一度被人称为"高明人的做法"，但外界一般认为这是周作人对许寿裳先生解释的一种默认。鲁迅英年早逝，而社会、文学界对鲁迅的悼念活动之热烈和评价之高，超过了鲁迅在世的时候，这也给周作人很大的震惊。而周作人的情况与鲁迅正好相反，鉴于他后来的投靠日伪政府，他的名望和评价却是由高到低、一路走低。他比鲁迅多活了31年，于1967年才去世，而鲁迅先生于1936年已经过世。但是，当周作人过世的时候，没有一个作家为他撰文纪念，甚至追悼会，连鲁迅的儿子海婴也没有去参加。这就是鲁迅先生与周作人的不同人生道路。一个读书为民众，一个读书为读书。一个虽为文人，却拿起文章的武器，捍卫民众的利益；一个不为民众，只为自己苟活，逃避现实，苟且于书房之中。鲁迅先生虽死犹生，周作人虽生犹死。这就是不同的人生道路选择的结果。读着这本有意思的书籍，然后，在休息之时，徒步去八道湾胡同11号，看着已经变成35中校园，去砖塔胡同61号，看着已经变成大杂院的84号院落，去阜成门外西三条胡同，看着鲁迅博物馆内鲁迅先生最后购置的宁静小院，心中不免思绪万千，于是写下了这篇短文。前两天，巧合之中，看到中央电视台的一个弘扬家风的节目——"谢谢了，我的家"，鲁迅的孙子周令飞先生，他接受敬一丹的采访，我惊奇地发现，他的孙子容貌与鲁迅有惊人的相似之处，甚至超过了海婴先生与他父亲的相似，这或许就是隔代相传的原因吧。而据周令飞先生介绍，他父亲海婴先生百年后的骨灰是埋在上海虹口公司鲁迅墓碑附近的大树下，海婴先生将永远陪伴他的父亲——鲁迅先生。

归纳起来，鲁迅一生寻找疗救中国的良药，壮志未酬身先死，留下了无数遗憾。周作人一生欲超越功利，但最终被超功利所害。进取者，难；隐逸者，亦难。这是那一代人摆脱不了的困顿。

鲁迅先生死后的荣誉，多于生前。特别是死后，民众和社会各界一片的认可与赞扬。周作人则不然，生前与死后，均有说不清的污点。周作人看似一生平淡，但由于一步迈错，所受人间之辱，不知大于鲁迅多少倍。历史仿佛与人们开了一个玩笑，周氏兄弟的一反一正、一荣一辱，不正是现代中国文人心灵史的一个缩影吗？

2018 年 8 月 23 日发表于《北京晚报》

# 关于杨绛先生的《我们仨》

　　一直以来，知道钱锺书先生背后有一位贤妻良母，即杨绛先生，也知道杨绛先生也是一位文人，也是作家。钱锺书先生究竟拥有一个什么样的家庭？是一个多少人口的家庭？有着什么文化氛围的家庭？杨绛先生的《我们仨》这本小册子，回答了这个问题。

　　钱先生和杨先生均来自江苏无锡，是江南人士。1935年，他们夫妻俩一同到英国牛津大学读书，钱先生是攻读文学硕士，而杨先生是陪读；尔后一同到巴黎再读大学，说是读大学，实际上是他们选择自己爱读的专业。至此才知道，钱先生不仅熟悉英文，而且还通晓法文、西班牙文和意大利文，而杨先生也是通晓英文、法文等外文。他们的外文功底均很深厚。

　　钱先生和杨先生一个擅长文学，一个擅长翻译，两位的文学素养较高，两位的外文也是具有很高的水平。而他们的女儿，生活在这样的书香门第，也成长为老师，也是一位文人。钱先生的《围城》小说，使其成名天下，而杨绛先生翻译的《堂吉诃德》则鲜为人知。

　　钱先生成名天下后，慕名而来的人增多，而杨先生成了挡在钱先生前面的隔断，还有全国各地纷纷飘来的信件也是他们夫妻俩共同回复。慕名前来的人太多，钱先生则笑谈："你好比吃了一个鸡蛋，只要享受鸡蛋美味就行了，又何必非要看老母鸡长得什么样？"

我一直以为，钱先生他们一家一直住在三里河的南沙沟，却怎么也没有想到，他们的居所一动再动，虽然不像现在需要购房，只是分配房屋，但是居住的艰苦仍然让人惊讶，特别是钱先生还多次患病。在此过程中杨绛先生对别人帮了自己，却不认为是应该的，而是怀有万分感激，实在让人敬佩。

另外，从这本书中了解到，钱先生负责《毛泽东选集》和《毛泽东诗词》的核校工作，这期间胡乔木还经常光顾他们家，有关领导甚至批示，请他们住到钓鱼台。

总而言之，阅读了杨绛先生的《我们仨》，对于钱先生的家庭，对于杨绛先生本人，对于他们的女儿都有了相对全面深入的了解。钱先生很幸福，有这么好的妻子，有这么好的女儿，有这么好的家庭，不出名著才是不正常的情况，不出名著才是怪事也。

我这么想。

2018 年 11 月 8 日于听雨轩

# 关于《红楼梦》的地点问题

这是一个十分有趣的问题。如果小说中寻找依据，无论南北均有充足的根据，关键是无法以北方的论据而否定南方的说法，南方的说法更难否定北方的根据。于是在上海淀山湖附近早在 30 多年前就建了"大观园"，而在北京的右安门外，也于 20 多年前建造了"大观园"。如果将小说中的说法作为依据，我敢肯定"大观园"就是在南方，而南京可能性较大，否则"金陵、南京、京都"作何解释？而元春省亲，也是当日回宫。旁证则举不胜举，一如黛玉为苏州姑苏人，来往均为舟船，还有很多语言均为道地的南京话。例如："竹篱笆墙"的说法和"困中觉"一说。大观园中的诸多南方植物，吃螃蟹就的蚕豆和黄酒，均为道地的南方食品。当然如果说它身处京城，也能找到无数北京特征的物证，例如：炕的问题，过了长江无此物，而且，围绕炕的坐法，也只有北京有如此的规矩，下人不上炕，下人最多只能在炕沿上坐半个屁股，另外，就是帘子、门帘、窗帘又十足的北方特征，但房中的蚊帐又好似南方更多一些。小说的表现方式能使曹公随意信手拈来，均是得心应手，轻松涂写。

在我看来，曹家本居苏州，对南方了如指掌，因此述说南方之事、之物、之人、之情如数家珍。曹家鼎盛之日就在姑苏一带，应该是康熙年间的事。而曹家败落的路径，则由苏州走向北京，因此，曹公既熟悉江南淮扬人家的人情世故，又了解北方的生活习性。而倘若你把小说当作历史去研究，只能是死路一条。因为本来小说既有南方之物，更有北方之人，南北汇集本是它的特质，又何必非要弄清大观园之所在地呢？

2010 年 4 月 16 日于浔阳书苑

# 《红楼梦》的回目

世上盛行的红楼梦版本，是 120 回的曹雪芹和高鹗联合署名的《石头记》。而人所共知的是前 80 回乃曹雪芹之作，后 40 回是高鹗所续作。也就是说，曹 80 回的版本乃是一个残本，几乎没有人看到过"全本"，且不说高续写的 40 回是否与前 80 回一脉相承，仅80 回这样的残本，一如罗浮宫中断臂的维纳斯，不知引发多少的遐想和永无休止的争论。然而，关于究竟有多少回目却存在下面几种说法：

第一种说法，即原著的回目，也就是 80 回再加若干回。从曹雪芹所处的时代来看，当时，原著是已经成型的，而且还有不少人的确看到过。例如，脂砚斋是看过的。因为什么原因，原著没有完整地流传下来，或许是真的传丢了，或许是政治因素故意"删除"丢失了。总之，80 回后失传了。

第二种说法，就是现在盛传于世的 120 回版本，这就不必赘言再述了，一些文人墨客对后 40 回有不少的争论甚至批评。

第三种说法，是刘心武研究出来的，这也是他在央视"百家论坛"上提出的。刘先生认为，红楼梦的章节每 9 回是一个小节，每

3个小节又是一个大的段落，因此刘先生得出了这样的结论，即9乘以3得27，而27又再乘以4，正好是108回。这样在曹80回的残本之后，实际上缺失了28回。残缺率由原先的50%（120回，留下80回，缺失40回），降为仅是35%，此为其一。其二，红楼梦中的正册、副册和又副册等一系列人物共有九组，每册正好12人，12乘以9得108，因此，从人物角度分析，应为108回。其三，似乎更重要，从前80回介绍荣宁二府的辉煌到盛极趋衰，也就是写完正册12位重点人物的落魄经历，108回的栏目和文字正好相当，而120回则有峰回路转，衰竭又转盛的赘述，未免有画蛇添足之嫌，给人有政治的考量，因为高鹗与曹雪芹不是同时代的人，皇帝也由康熙变成了乾隆，在雍正年间曹家被狠狠打击之后，到了乾隆年间，似乎还有抄家后的返还之说。

因此，从这个意义说，108回更让人易于接受，只要接受了108回的说法，那后40回的作品，其不足之处也就不值一驳。

读俞平伯的文章，又知道一种说法，即180回。依此说法，倘若真是如此，现在的80回一半分量也没有，真不知会有多么精彩，想象空间也陡然增大，只是依据略嫌不足，权当开发研究思路。

2010年4月16日于丰汇园听雨轩

# 《红楼梦》的诗词问题

高中初读《红楼梦》时，一味追求故事情节，因此，阅读之中，凡是遇到文中的诗词，毅然跳过去阅读，好处是既可以加快阅读速度，又可以少花时间纠缠一时难以理解的诗词。读了若干章的《红楼梦》后，方才恍然大悟，诗词是断然不可以"跳阅"的，因为，文中的诗词不仅可能影响故事情节的变化，而且，还可能影响对情节深刻的了解，特别是人物心理的写照。每个角色的诗词，均有不同的特色，更不是随便放在谁的名下均可以理解的，况且还有小说当时的场景和描写对象及相关内容，也就是说，诗词是小说的重要内容，是不可缺失的重要部分，对小说的理解和人物的刻画有着不可替代的重要作用。时至今日，当我再次阅读《红楼梦》时，不再跳过诗词部分，而是经常滞留在诗词部分的时间很长，体会其中的内容，更在欣赏诗词的魅力，而诗如其人地对号入座，更加深了对诗词重要性的认识，也加深了对作诗人物的理解。还不止于此，我还专门购买了蔡义江先生的《红楼梦诗词曲赋鉴赏》一书，对《红楼梦》中的诗词作一个深刻的认识和了解，把诗词揉碎了、掰开了、细细品赏、深深了解、慢慢消化、逐步吸收。这才豁然开朗，幡然醒悟，原来《红楼梦》中的诗词，不仅是小说不可或缺的重要组成部分，也就是说，跳过去不读诗词，可能影响对小说情节和全貌的了解，更为重要的是，《红楼梦》中的诗词是小说精彩亮点的体现，是最值得玩味欣赏的亮丽文字。诗词比一般文字更值得去细心理解，其中不少诗词话里有话，锣鼓听声，少不了借诗叙情，借词发挥，指桑骂槐，喻古比今。这也是现在更加乐意欣赏诗词的重要原因吧！

2010 年 4 月 20 日于浔阳书苑

# 抄家寻物内外别　宝钗自律搬出园

　　大观园中丢了东西，王夫人与凤姐协商，为了避免夜长梦多，干脆就到各个院中抄一下家，找一找丢失之物，且不说抄家之精彩片断，就是说抄家之前，王夫人与凤姐就定了一条政策：内外有别，因为薛姨娘是请来的客人，那是断然不能同样抄家的。宝钗却不领情，提出了搬出园林的想法，同时，宝钗道出了三个理由：一则薛姨娘身体欠佳，需要照顾；二则薛蟠筹划结婚，需要准备娶新娘的衣物等；三则也可关闭角门，避免其他人员往来。目的是关闭角门，却不直接首先提出理由。本意是对抄家的反应，也怕牵涉进去避嫌，而一则、二则其实并不一定与"关角门"相关。可见宝钗的城府极深，说话做事均是考虑周全，也不得罪人，当然她也清楚，作为亲戚在贾府的位置。

　　此一例，足以说明宝钗的处事城府和处事周全。

　　　　　　　　　　　　　　　2010 年 6 月 1 日于丰汇园南书房

# 刚柔姐妹同抗争 殊途同归为玉碎

《红楼梦》中对尤二姐、尤三姐的描述令人印象深刻、回味无穷。尤二姐温顺、贤慧、忍让、得过且过、与世无争，一心想攀个大户人家，嫁个如意郎君，未曾想却为人妾，而且对手是凤姐。因为平儿本身为妾，而且列在凤姐之后，对尤二姐并无伤害，从某种意义上说，还有点同病相怜。不仅如此，尤二姐善解人意，更重要的是，毫无心计，因此落入凤姐之手，只能任人宰割，为人鱼肉，最后落得"吞金舍身，跨入仙界"。尤二姐虽然有时风骚，但本质善良，而且忍让有过，心中虽然也想抗争，只不过对手凤姐实在太强，只能如此结果。

尤三姐则不同，三姐性格刚烈，虽然不免标致，也有迷人之处，但不轻浮。对选择郎君也有一定标准。外人一直以为，三姐只是看中了宁、荣二府的人，实际上则是相中了柳湘莲这个英俊小生。尤三姐漂亮、风骚、招人，男人对她欲进不能、欲退不忍，真是到了进退两难的境地。在那个封建社会中，这样的女子实属罕见。就是这样一位刚烈女子，想主导自己的婚姻，也曾收到意中人的信物宝剑。未曾想柳先生听信谗言，不识真情，反悔当初之言。

尤三姐这样的刚烈之女竟然用柳公之宝剑了却自己的一生。如此果断地结束自己的一生，那种只为玉碎不为瓦全的豪迈之气，那种情有独钟的专一，那种誓与有情人终成眷属的雄心，一切皆在自刎中昭然显现，了然于世。

　　尤二姐、尤三姐的温柔与刚烈性格差异，并无法改变各自的命运，姐妹皆以自杀的方式作为结束，这道出了世道的险恶和命运的难以抗争。可见，唯有时代和命运才是根本。所谓生不逢时，讲的就是这个道理。

2010 年 6 月 1 日于丰汇园

# 《红楼梦》八十一回后的畅想

曹公原著，又是周汝昌先生亲自核校的八十回《红楼梦》再次拜读完毕。尽管从研究的角度阅读到八十回也可告一段落，总有意犹未尽的感觉。于是读完了海燕出版社的八十回版本后，又找出了希望出版社图文并茂的版本，继续八十回到一百二十回的阅读。阅读之中，并未发现与前八十回的内容有过大的矛盾，言语表述及文风也没有发现有什么较大差异，看过一种比较可信的解释，那就是高鹗编纂一百二十回红楼梦时，尽管只有完整的前八十回文本，但后面的内容也不是完全没有，而是一些断断续续的残本。还听说其实有更多回目的内容，一如人们研判的或许还有八十回的内容。总而言之，高鹗并非凭空续写的后四十回，从一定意义上说，高鹗只是对原著作了完善修改。毕竟高鹗与曹雪芹不是同时代的人，而且，两位的生活经历也迥然不同，文学素养、多方才艺也不同。能做出如此天衣无缝的残本补写实在是奇迹。尽管从前八十回的蛛丝马迹之中，仍然能够分析出后四十回的诸多矛盾和不相容的内容乃至重大出入，然而从出自两位高手，又不处同一时代，又没有共同的生活经历的实际情况分析，一百二十回《红楼梦》实在是历史的名著，实在是难能可贵的宝贝，实在是天大的奇迹。

　　高鹗也是人，并非神，要想凭空续写后四十回，实在是天方夜谭。唯一的解释，那就是做了一个编辑、修改、润色、完善之工作。

　　如果不信，不妨拭目以待，再作研究。


　　　　　　　　　　　　　　　　2010 年 6 月 11 日于浔阳书苑

# "金玉良缘"还是"木石姻缘"

在有情人看来,《红楼梦》就是一部爱情小说,这爱情的主角就是贾宝玉和林黛玉。但是,美好难忘的爱情终究未能使有情人成为眷属,这又是为什么?再次研究《红楼梦》,对此问题有了更加细致深入的认识。

"金玉良缘"还是"木石姻缘"。这是小说中公开谈及的问题,特别是林黛玉对"金玉良缘"的说法特别敏感,每次对宝玉发难时,均会得到宝玉的明确态度,宝玉会竭力否定"金玉良缘"的说法,但为什么"木石姻缘"未能走向圆满呢?

"亲上加亲",谁更亲呢?关于宝玉的婚姻,一度盛传"亲上加亲"的说法,这种言论也传到了黛玉的耳中,而在黛玉看来"亲上加亲",又有谁会比她与宝玉更亲呢?!他们拥有共同的祖母、祖父,是嫡亲的表兄妹,又没有血缘的冲突。宝玉的父亲贾政是黛玉的舅舅,黛玉的母亲是宝玉的姑妈,这样的表兄妹结为连理,实在是"亲上加亲"。然而,黛玉断然没有想到,"亲上加亲"并不是指的她和宝玉,而是另有其人,只是黛玉自己一个人蒙在鼓里罢了。最终的结果是"金玉良缘"。

"亲上加亲"、门当户对、利益相关。"金玉良缘"的第一层"亲"是薛姨娘为王夫人的兄弟王子腾的妹妹；第二层"亲"是凤姐为王夫人的儿媳妇，也是王夫人的内侄女，因此凤姐与薛姨娘也是同样的亲戚；而"金玉良缘"又使下一代结成百年之好，岂不是"亲上加亲"吗？况且，薛家也是"白银如雪"，绝对富人之家，这是门当户对的条件。这也是凤姐主动撺掇此事的重要原因。

"亲上加亲""木石姻缘"也难缔结。大观园上下没有人不知"木石姻缘"之事，没有人不了解"木石两小无猜，青梅竹马"的爱情。"木石"之间的痴爱，两边的丫头均是知晓的，两府也是上下知道的。"木石"的真情、互动、相爱不知多少人赞叹不已。然而，在黛玉看来，尽管父母早去，然而老太太会替她做主嫁给宝玉，因为老太太是最疼她的。"亲上加亲"也不如婚姻背后的利益影响大，"金玉良缘"的促成是凤姐所为，她的动机就想使自己的娘家王氏与贾家更为紧密，王夫人又是薛姨娘的姐妹，何尝不想通过"金玉良缘"接近与贾家的关系，抬升娘家的地位。宝钗又是那么贤慧知书达理，又是那么善解人意，又是那么包容耐性，又是那么才华睿智。黛玉虽然最有才华，但毕竟家境残破，父母双亡，兄妹全无，又是性气小，心眼不大，身体状态还是病快快的，怎么可能结成"木石姻缘"呢？

宝钗城府，黛玉才气，宝玉闪空。当薛姨妈把"金玉良缘"的事告知宝钗并征求意见时，宝钗显得特别地尊重父母，女儿婚嫁之事，全听母亲安排，也可听听哥哥意见。而此时此刻一点也没有想到"金玉爱情"，也没有思量宝玉的感受，没有考虑黛玉的真情实感，而这些宝钗是知晓的。因此，可见宝钗的唯父母之命的婚姻，好像贤慧温顺，也有城府圆滑之意，扼杀了别人的真情，这种明知别人相爱，却听命父母之意，实在有点残忍，甚至有点不道德。而这种残忍和不道德却是在贤慧温顺掩盖之下的，更为迷惑人心、蒙骗世人。很多人不喜欢黛玉的伤感悲愤的情感，也不喜欢黛玉的量小、脾气大的小姐作风。然而有谁能想到黛玉内心的悲哀，无依无靠，只能独自悲伤的感受，"金玉良缘"的婚姻，加速了黛玉生命的结束，而黛玉的生命本来就靠爱情的力量勉强维系，一旦爱情夭折，摔坏的不仅是"木石姻缘"，还有她自己。后来的事实证明"金玉良缘"也不美满，史湘云和宝玉的"半路夫妻"才是最终的结局，当然这是后话。

2010 年 6 月 12 日于听雨轩

# 新续红楼本色现　　曹公原意张之延

关于《红楼梦》八十回后的争论，由来已久，众说纷纭。无奈，群情激昂者多，立志重续书者少。因此，张之的《红楼梦新补》后三十回，着实是红学界的一个重型炸弹，不仅震惊了大量的红学评论者，也在广大读者中产生了不小的影响。张之先生令人钦佩，他的勇气也更让人惊讶。让我不由得惊叹他的文学素养和历史的情感，赞叹他宽泛的知识面和跨越时空的常识。张之的后三十回有如下几个方面的重大突破：

一是让曹家的败落一落到底。各种史料和曹公传记表明，曹家被抄以后，一落到底，悲惨至极。而张之的续书，把这一败落的情景描述得淋漓尽致，极其到位。首先是抄家的情景描述很是到位，卫兵林立中忠王吃五喝六，贾家全部家人临时拘捕于荣禧堂。贾赦、贾琏治罪入牢充军，贾政虽未治罪，也外放做官，实际是降职；宝玉虽然出狱，但以卖画求生、卖房度日，直至打更糊口，无不把贾家落魄的情况表现得淋漓尽致。

二是宝玉未参加进举之考，非常符合宝玉的性格特征。宝玉历来不喜读书，特别是读那些"正经书"，更厌恶为官之道，因此，依宝玉的性格特征，绝对不会参加进举之考。从这个意义上说，张之版本比高鹗版本符合宝玉的人生追求，也符合曹公红楼梦的本意，这是难能可贵的亮点之一。

三是"木石姻缘"和"金玉良缘"的时机安排甚为合理。张之版本先让黛玉仙去，再来慢慢逐步化解宝玉对黛玉的思念之情。同时，培养"金玉良缘"的感情，这样的情节安排虽然没有高鹗版本喜忧同存，戏剧效果突出，但张之版本的安排更加合乎情理，因为黛玉不去，宝玉如何改娶宝钗？而且，张之版本的情节没有让"金玉良缘"得到圆满，而是建立在"木石姻缘"的痛苦基础上，更加符合人性，合乎情理，因为在那个大家庭中，没有人不知晓"木石姻缘"的故事，没有人不知晓宝玉和黛玉两小无猜的情感，没有人会刻意拆散这样的痴情男女，这是张之版本的高明之处。

四是凤姐的结局非常合理。凤姐抄家之中，背负了贾家外放高利贷的罪名，凤姐在荣禧堂被审，锒铛入狱，受了不少罪。放出来的凤姐回到家中，没有想到贾琏对她冷落，而平儿也不尊重她了，她却仍想回到过去那叱咤风云、一手遮天的老日子中去，却未想到又遭到了婆婆王夫人的指责。在众叛亲离中，凤姐走了秦氏的老路，上吊了却了自己的一生。这样的凤姐结局符合曹公前八十回的本意。只可惜"机关算尽，反丢了自己的性命"，好人好报，恶人恶报。

五是湘云凄惨的人生经历。张之版本作了较大篇幅的描述，这样做的原因，恐怕是从脂砚斋重评《红楼梦》的批评研究出来的。对湘云大量的文字铺垫就为最终的"半路夫妻"埋下了伏笔，也与曹雪芹的前八十回的脉络相符。

六是对宝钗的认识。宝钗是个正面的形象，具备女人所有的贤慧、温柔和知书达理的品德。张之版本在阐述贾家穷途末路之时，体现了宝玉夫妻的品德和操守。为人妻的宝钗在宝玉穷困潦倒落魄之时，表现出了能吃苦、善体贴、能理家而又有大局之品格，是一个不可多得的贤妻。特别是在宝玉出家期间忍受着巨大悲痛仍能善解人意，更是令人钦佩不已。我历来对宝钗有一些不同的看法，这在前面的漫谈中早有体现，但张之版本着力勾画的宝钗，改变了我的偏见，应该说宝钗是一个与宝玉同甘共苦的好妻子，而黛玉则不同，黛玉更大程度与宝玉是精神上的志同道合者，而在实际磨难中，肯定不会像宝钗那样有那么大的忍耐性。这是又一大收获也。

总而言之，张之所续的红楼梦，更符合曹公之意，也与前八十回一脉相承，更为重要的是，尽管细节、文字表述、情节设想或许还有不少疏漏之处，但在呈现曹公原意方面却做得极其到位。

从这个意义出发，张之的《红楼梦新补》，的确是一个未来研究的新起点。

2010 年 7 月 1 日于丰汇园

# 阅读《红楼梦》的意外收获

说是意外收获也不甚准确，但的确是有点意想不到的收获。

## 一、如何全方位地了解看清一个人物

《红楼梦》中的人物很多，但是每一个角色究竟是一个什么特点的人物，让人一目了然。一是看人物本人怎么说、怎么做；二是看别人怎么评价、怎么道白。以宝玉为例，大家均说他有点疯、有点呆，但究竟如何疯、如何呆则有宝玉的大量言语和行为，这还不算，还有不少别人的评说议论。例如，贾母、王夫人对他的评价，也有贾政作为父亲对他的评价，也有身边知己黛玉、宝钗对他的肯定和否定，也有丫头下人对他的近乎负面的说法。总而言之，宝玉是个什么人，是由以上诸多方面全方位反映的结果。这个人是鲜活的、生动的、立体的、有血有肉的。他是个性突出、善良仗义的，是听其说一就知其说二的，他也是亲切可爱近乎天真的主角，同时是不落世俗脱离正常规则的青年，也还是"无事忙"得不亦乐乎的主儿。《红楼梦》中的每一个人均立体化呈现给读者。以反面人物为例，薛蟠通过薛母、宝钗和其他人的对他评价，道出了薛蟠这个混世魔王、败家子的形象。

## 二、如何写作"小说"这样的题材

《红楼梦》的写作表现了小说这个体例的最大特点，通过事情和对话来展现人物的形象，而不是主观捏造、刻意塑造，主要是看发生了"什么事情"，主人翁如何言语，如何对话，如何应对，以此来体现人物的品行和操守。从这个意义上说，我们能从中学会撰写小说的方法，切忌主观的评论，这真是一个意外的收获。

## 三、排除化解了心中诸多疑虑

没有张之的《红楼梦续书》，我也就很难了解曹公《红楼梦》的本意，况且张之又是当代人，而续书的主题又把握得那么好，真是还原了事物的本来面貌，这是《红楼梦》阅读中的最大收获也。

## 四、用一些看似生活小事来表现人物的个性和品质

小到一块手帕、一把扇子、一块玉石、一个金锁、一幅画册、一本图书、一个香包、一碗汤、一个菜和一件衣服等，用微不足道的小事、小物件彰显人物的品格、操守和德行，应该是又一个较大的收获，而把小事、小东西、小物件描写周到，细致入微，则是需要好好学习写作的高技术，这也是一大收获也。

再次阅读《红楼梦》，因为是举世无双的千古名著，如果没有各种收获才是奇怪的，就我的吸纳能力来看，想要没有收获也很困难。一部《红楼梦》，有那么多的知识点，那么宽的知识面，那么深的知识体系，真是对曹公佩服得五体投地。

2010 年 7 月 12 日于听雨轩

# 体病好治　心病难疗

　　《红楼梦》中"心病"最重的有两位，一位是黛玉，另一位是宝玉。例如：宝玉听闻黛玉要南回苏州，就一下发呆犯傻，甚至到了林家来人就以为要接黛玉回家的程度。当然黛玉病了，吃药用餐、就寝安息，均是宝玉牵挂的内容，而黛玉对宝玉也是如此，例如宝玉被贾政打了一顿，黛玉心中无比悲痛，但又不太责怪宝玉，只是略带央求地对宝玉说"你就改了罢"。同时，她反复从宝玉口中探出不认同"金玉良缘"的说法才算放心。而黛玉的病又与宝玉的情感息息相关，真是到了心心相印的程度。这就是宝黛两人的"心病"。只可惜有情人难成眷属，黛玉的心病日甚，直到最后心灰意懒，心灯渐灭。而宝玉也是如此，只落得身心分离，心随黛玉而去，出家远行他乡。

　　在治疗宝黛两人的病情过程中，反复请了名人名医，甚至动用了太医，纵然表面上治愈了宝黛的体病，可哪有这样的高医能够治愈他们的心病，真是"体病好治心病难疗"。

2010 年 7 月 14 日于丰汇园

# 《西厢记》与《红楼梦》的关联

《红楼梦》中有一个场景，大致是宝玉在院中偷偷阅读《西厢记》，正好被黛玉发现，于是黛玉说宝玉看了禁书，但是黛玉却向宝玉索取要看《西厢记》。从这一点出发了解，知道《西厢记》的内容是影响了《红楼梦》中的两位主角的。最近去上海探望年迈的母亲，旅途间隙又看了一遍《西厢记》，有如下之多方面的感受：

一是两部主题不同。对我来说《西厢记》是一部爱情戏剧；但《红楼梦》则有很大的不同，它是一部爱情小说，也是一部历史小说，也是一部政治小说，同时也是一部集合中医、园林、烹饪等多种内容的小说。一如鲁迅所言，小说的性质全凭读者的主观看法。

二是《红楼梦》借鉴了《西厢记》的什么？《西厢记》中的男女主人翁，被相国夫人称为"两个小冤家，不是冤家不聚头"。这一点也成了《红楼梦》中贾母对宝玉、黛玉之间关系的说法。尽管这个说法导致"二玉"不知所措，并不能理解这句话的真实含义。

三是如果认同《西厢记》和《红楼梦》描写的只是爱情，那么这两个爱情故事显然迥然不同。《西厢记》中的爱情关系单一，主要受制相国夫人的多变，以至于男女主人翁的恋爱才一波三折。实际上反映的是爱情自由与封建礼教之间的斗争，情节也十分简单明了，并不难懂。《红楼梦》虽然也被一些读者称为爱情小说，但《红楼梦》的爱情要比《西厢记》复杂得多。首先有"金玉良缘"一说，又有"木石姻缘"存在，还有宝玉和湘云的"半路夫妻"等。显然，《红楼梦》的爱情线索和人物众多及个性化的人物表现就远远胜于《西厢记》。加上《红楼梦》爱情背后揭示的深刻政治、历史、社会的寓意，那就更为深刻了。

　　《红楼梦》引用借鉴了《西厢记》中的一些东西，但时至今日，《红楼梦》的历史地位已远远高于《西厢记》，真所谓长江后浪推前浪，一浪更比一浪高。


　　　　　　　　　　2010 年 10 月 2 日于顺义发改委培训中心

# 关于巴尔扎克小说系列感受

中学的时候，因为语文书中有一篇巴尔扎克的《欧也妮·葛朗台》小说的节选，对于葛朗台老头的吝啬有了强烈的印象，也对于巴尔扎克的系列小说激发出浓厚的兴趣。那时候，家中经济条件不允许，不能自己购买图书，只申请到了一张上海青年宫的图书证，由于从图书馆借阅的书都是必须按时归还的，这样反而加快了阅读的速度。于是，每周末骑着父亲的旧自行车去青年宫借阅图书。后来十分荣幸地考上了大学，于是去归还书籍并退还图书卡，而那位图书管理员已经成为我的老熟人，他还恭喜我考上了大学。

# 重读《欧也妮·葛朗台》

春节回京后，在空暇时重新阅读了巴尔扎克的著名著作《欧也妮·葛朗台》，旧作重读，仍觉得十分新鲜，越是仔细，越是体会到这本书的精湛之处。对葛朗台老头的吝啬，对葛朗台太太的苦处，对欧也妮姑娘的不幸，还有查理的飞黄腾达、忘恩负义，都有了更为深刻的认识、了解。当然，从中也学到了一些关于破产、继承方面的知识，更加充实了头脑。总而言之，读过的书，还有必要反复再读，尤其是名著更是如此，当然，在书中学到的关于文字表达、处世待人的东西就不一一谈了，这里只是摘录了一些特别重要的东西。

1986 年 3 月 7 日于廊坊

# 巴尔扎克小说的综合印象

阅读巴尔扎克的著作很有意思，我们发现在一本书中的人物能与另一本书中的人物有联系。如《幻灭》中大卫的父亲买进的葡萄酒桶，是欧也妮·葛朗台这个箍桶匠卖的；而《幻灭》中一再提到的特·纽沁根银行家是《赛查·皮罗多盛衰记》中的头面化人物，《搅水女人》中提到的花粉商在巴黎街面上的铺子又是另一部小说中的，如此等等。

在《赛查·皮罗多盛衰记》里出场的银行家纽沁根，还不时地出现在《幻灭》等小说中，而最近阅读的《交际花枯荣记》，纽沁根竟然是其中的男主角，银行家一反唯利是图的常态，为了得到一个绝世佳人，也竟然挥金如土，慷慨解囊。我想随着这本书阅读的深入，纽沁根银行家的真实面貌也将越来越清晰地呈现在我们面前。

1986 年 4 月 3 日于廊坊

# 《幻灭》读后感

《幻灭》是巴尔扎克用了将近八年时间所写成的，出版于 1843 年，是巴尔扎克的代表作之一。被编在《人间喜剧》外省生活场景内。

## 一、大卫之父的吝啬

老头子在年老体弱后，不能再从事印刷厂的工作，竟然将不值钱的破厂房、旧机器折价几万法郎盘给了大卫，而且还按月收大卫的房租，这还算不了什么，更为可恶的是，在大卫发生困难的时候，尤其是最后大卫有可能因债务而坐牢的困境下，大卫之父还铁石心肠，不愿解囊相助，实在是不近情理。正像法国俗话说的："任何奖章都有它的正反面"，老头这样做对培养大卫独立生活能力还是有益处的。这样的做法令我难以理解，但在书中那个"有钱就有一切，有钱能使鬼推磨"的社会里，这实在不足为奇。类似老头子的人物在生活中虽然并不多见，但也不是绝无仅有。听闻家门口商铺里一个老头，不仅向儿子收房租，甚至收电费、水费和开水费等，这些方面可能比大卫之父有过之而无不及，有趣的是，儿子本身也抠得厉害，一个月只给其父 5 元钱。

## 二、吕西安全家人的高尚

吕西安之母、大卫、夏娃是巴尔扎克塑造的正面人物，母亲的心肠极软，任劳任怨，巴望着吕西安能够过上富裕的生活。母亲带领女儿，为吕西安而工作、赚钱，为吕西安而活着，把爱的温暖无私地给了儿子。大卫比其母更爱吕西安，大卫心里想："牛本该耐性耕耘，鸟儿才能无忧无虑地过活，让我来做牛，让吕西安做鹰吧。"大卫牺牲了自己的物质享受，牺牲了自己的不少精力，牺牲了平静的生活，无私地爱着吕西安。可见母亲、大卫、夏娃的思想境界是高尚的，是值得学习的，但由于给吕西安太多，反而使得他养成了乐于"接受"的陋习。一味地索取，在他看来是理所当然、天经地义的，尤其是他处于低潮的时候，就更加依赖于家庭，家庭成了他的避难所、逃难地。当他在巴黎混不下去时，又回到了生他、养他长大的故乡；当他在外缺钱花、走投无路时，竟然冒充大卫签发了支票，而大卫全家虽然受了累，竟然毫无怨言。从某种意义上讲，大卫全家对吕西安无私的爱固然可歌可泣，但因此也害了吕西安，使他不能懂得生活的艰难、人生的目的。

## 三、吕西安的自私

吕西安本人主观上乐于享受、虚荣心极强，客观上全家又过多地给了他爱，这就使吕西安变得更加乐于享受，而且不愿劳动，只是一味地想走捷径，遇到困难、挫折又没有耐心，因此，他只能以失败告终。吕西安有才华、美貌、风度、气质，但他缺乏的是一个好的灵魂，他没有把上天赐给他的有利条件发挥好，反而荒废了自己。此外，社会制度的责任也是主要的。吕西安在故乡爱巴尔东太太是为了向上爬，到巴黎他巴结贵妇人，入新闻界也还是想往上爬。他爱高利莉小姐，实质是想得到物质享受。吕西安向上爬的欲望竟然让他把自己心爱的人当商品卖给了纽沁根大富翁，这再次暴露了吕西安的自私、无情，为了做上驻外公使的秘书，为了得到侯爵的美称，就必须攀上侯爵女儿的亲事。

自私的人始终心中只有自己，因此，当自己的前程毁灭后，自己的奢望实现不了时，他就只能毁灭自己，吕西安就这样结束了可悲、自私的一生。

**1986 年 4 月 3 日于廊坊**

小结　近两天，快速地阅读完了巴尔扎克的《交际花盛衰记》一书，阅读这本书是因为读完了《幻灭》后想了解一下吕西安的结局。今年，仅巴尔扎克的著作已读完了五本，另外，为配合阅读巴尔扎克的著作而安排阅读了《拿破仑战争》，我想巴尔扎克著作可告一段落，以后有时间再悉心阅读。下一阶段准备读高尔基的小说。

再往后，可转入阅读中国的小说，先古后今，持之以恒，细水长流，边阅读，边习作；边提高素养水平，边完善思想看法。年终前，可专心阅读几本经济专著。这就算对得起今年的婚前最后美好光阴了。

　　　　　　　　　　　　　　1986 年 4 月 4 日于廊坊

# 高尔基的《童年》

　　《童年》是高尔基自传体的著作。我在两三天时间内迅速将它读完了。高尔基的童年是悲惨的、痛苦的、孤独的，很小就失去了父母。而外祖父的家是一个很不和睦的大家庭。脾气古怪、刻薄的外祖父对高尔基十分凶狠，两个舅舅又同室操戈，经常在家大打出手，外祖母则是一个和稀泥的角色，一面将舅舅们的丑陋事情隐瞒着老头子，一面还得忍辱负重，受老头子的打骂，夹板气没少受。少年的高尔基却很喜欢外祖母，因为她知道很多扑朔迷离、出神入化的童话。这些童话深深地吸引了他，开阔了他的视野，使他长了不少知识。由于过早失去父母的爱，又在动荡不安的环境里生活，使高尔基更加自尊、自重、自强，有耐性。从某种意义上讲，正因为痛苦不堪的童年，才最终造就了俄国的大作家、大文豪，这也许是"穷则思变"的缘故吧！从这本书中也能了解到当时的大男子主义思想极其严重，腐朽的社会制度是一切罪恶的根源。因此，这本书对了解当时俄国的社会制度是一个好的教材。其中有趣的是，本书还提到了拿破仑和法国士兵攻打莫斯科的事，由于之前看过《拿破仑战争》，这里就比较容易理解了。

下一步想方设法借到《在人间》和《我的大学》。

1986 年 4 月 5 日于廊坊

# 高尔基《我的大学》

高尔基三部自传体小说之一的《我的大学》亦已阅完。高尔基的大学生活实在是太悲惨了。恶劣的环境、饥寒交迫的生活把高尔基逼得走投无路。从这本书中仿佛看到当时俄国社会的那种乌烟瘴气、令人窒息的环境。

这本书是速读的，由于对俄国社会的风俗习惯、历史背景等缺乏深刻的了解，因此，对小说中的一些东西往往不能理解得很透彻。

1986 年 5 月 6 日于廊坊

# 关于《复活》的思考

利用出差机会，我相继读完了《呼啸山庄》和《复活》，阅读托尔斯泰的《复活》也是阅读巴金著作的结果，因为巴金在《随想录》中三番五次提到了这本名著。《复活》中反映生活中的真谛是深刻的，小说一针见血地揭露了聂赫留朵夫先生的真实内心世界，他使玛丝洛娃走向堕落并步入泥潭，但他仅仅为自己的不负责任支付了 100 卢布，而这不仅使玛丝洛娃被迫离开了姑母家，还生下了孩子。贫困潦倒的玛丝洛娃孤苦无依地抚养自己的孩子，却使小孩过早地夭折了。玛丝洛娃从此也一步一步走向了堕落。

表面上聂先生拯救了走向囚牢的玛丝洛娃，实际上，他是拯救自己曾经不负责任的行为，并为过去的荒唐而埋单，他卖掉了自己的田地，他跟随玛丝洛娃来到艰苦的西伯利亚，他为玛丝洛娃而奔波，他为玛丝洛娃上诉，他为玛丝洛娃向沙皇呈送御书，他为玛丝洛娃去做一切事情，虽然收效并不显著，但他的行为、热心让玛丝洛娃深刻感受到宽慰和温暖。

作为读者，我也希望他们能够回到从前，但是，事与愿违，玛丝洛娃偏偏爱上了同在狱中的男子，在玛丝洛娃看来，只有狱中的男友才爱现在的她，而聂先生爱的是过去的她，即使是一切高尚的行为，也是为了过去，为了过去他对她真诚的爱，为了过去他对她的过错。现实也的确如此。聂先生不再爱现在的玛丝洛娃，也很难再爱上现在的玛丝洛娃。

试想，聂先生当年真的能和玛丝洛娃在一起吗？如果能够结为伴侣又能维系多久？他们之间的差异是明显的，一个是大地主的花花公子，一个是被人收养的下人的后代。他们之间真的能冲破种种障碍到达爱情的理想彼岸吗？

回答未必是肯定的，也未必是满意的。

联想到自己生活中的爱情，也遇到过阴差阳错。年轻时总是缺乏表达爱情的勇气，因此一再错过良机，好不容易看上了一位，也终于鼓足勇气表白了出来，又得不到满意的答复，从而终于失去了自信、失去了自尊、失去了美好记忆。却不曾想到峰回路转，但此时，我的心已经凉透，世俗的偏见和来自家庭的干扰阻碍了一段姻缘。但退一步，我们即便走向了婚姻，也未必幸福、和谐、美满。

于是，在多年以前，我已走向新生活。

总之，你爱她，她并不爱你；等到她爱上你了，你又移情别处；她爱你并且一往情深，而你虽有感触且无动于衷；只有最后的婚姻同时撞击出了火花，是同步的、互相的、至今都始终不渝的。

生活就是这样。

2002 年 10 月 22 日于双花园

# 《罗密欧与朱丽叶》

悠然之中，翻阅完了《罗密欧与朱丽叶》，心中叹了一口气，总算补上了一课。

《罗密欧与朱丽叶》给我有几点出乎意料的感想：

一是语言之美大大出乎意料。尽管是莎士比亚的大作，英语表达之优美应是情理之中，但翻译过来，居然如此精彩，如此恰到好处是非常难能可贵的，大量的成语俗话没有半点卖弄的痕迹。莎翁和翻译家孙世梅皆是语言大师。

二是情节出人意料。罗密欧与朱丽叶来自两个仇家，但一见钟情的恋人也终未能真正冲破两家的积怨。

三是未曾料到结局如此悲惨。两个热恋中的情人，不能公开相恋，只能偷偷到教堂结婚，而父母却不支持。一对恋人以死才换取了两家的和睦，代价可谓惨重。

2002 年 11 月 6 日于双花园

# 关于托尔斯泰的《战争与和平》

阅读了托尔斯泰的《复活》，觉得他不愧是一位有深度的作家，于是又翻出他的名著《战争与和平》，潜心阅读，希望从中吸纳更多有益的东西。几经拖沓终于读完了才有全面的认识，有了诸多意想不到的收获。

本书关于战争需要阐述得很少，事情也并不复杂。1805 年，拿破仑率领法军入侵俄国，在仅有的抵抗后，俄军放弃了拼争，法军长驱直入，很快到了莫斯科，法军以胜利者自居占领了莫斯科，法军却不再追击俄军，而是到处抢掠财物，俄军得以喘息，随着天气的变冷，法军又没有过冬的衣服，俄军自发的反击开始增多，法军开始退却，逃跑之路又选择了最不该选的路线，俄军不断以小部队向逃窜之敌追击，逃跑的法军也没有还手之力，十万法军逃到法国的只有数千人而已，战争就这样结束了。

文中反映出战争中的爱情。安德烈深爱着娜塔莎，迫于父命没有及时娶她为妻，安德烈带着虚幻的爱情走完了人生的道路。

皮埃尔拥有非常美丽的妻子——海伦，但他并没有拥有海伦的爱情。所以皮埃尔参加了战争，战争中成了俘虏，在经历过战争的磨炼之后，皮埃尔好似脱胎换骨，并且他爱上了娜塔莎，最终有情人终成眷属。

这场战争"拯救"了皮埃尔这个花花公子的灵魂。

2003 年 10 月 6 日于双花园

生活篇

# 相见不如怀念

《相见不如怀念》这是在报纸上读到的一篇小文章，因此引发了此篇同题短文。

有些人，梦寐以求地想见，而结果也如愿以偿，这种情况一定有满足感。然而，有些人，在年轻时的记忆中留下了年轻、漂亮、向上的美好印象，多年未见，却有一种十分想见的感觉，但是不见面还好，一见面则发现皱纹已经爬上了额头，脸孔不再青春焕发，甚至脸上出现老年斑痕，头发稀少，眼角出现了鱼尾纹，真是有一种相见不如怀念之感。

相见不如怀念。

然而，仔细一想，自己已经人到中年，何尝不是英俊不再了。

2005 年 5 月 19 日于浔阳书苑

# 爱与恨的随想

爱是什么？一些人心目中的女神，不仅因为美丽而可爱，更因为可爱而更加美丽。爱有两种情况，一种情况是由表及里的，另一种是由里及表的。第一种情况实际上为一见钟情，有可能天长地久，也可能一闪而过；第二种情况则有所不同，因为是由里及表的，更可能天长地久，更可能永结连理，因为由里的了解就需要时日，而长时间彼此了解的，固然可能日久天长。总之，爱是由过去而产生的，但是爱更着眼于未来，所谓天长地久就是对未来的美好憧憬。恨则不同，虽然恨也来自过去，从过去产生，但恨却把过去带向未来。然而，不要以为爱是正面的、积极的、向上的，你就以为更好处理，实际上，继续已有的仇恨比追逐真诚的爱要轻松得多。爱实际上更艰难，更难以把握，因为如果把握得不好，有可能伤了你爱的人，伤了你爱的人周边的人，结果使你进退两难，处境尴尬。而恨无非继续伤害已经伤害过你的人，而不会引发新的矛盾。尽管如此，你也不能因此怀恨在心，耿耿于怀。尽管爱更困难、更艰难，仍需一往无前地追求爱，只有爱才值得追求，特别是由里及表的爱。

**2006 年 2 月 26 日于丰汇园**

# 烟茶的功效

如有闲时，泡上一壶茶，点上一支烟，在茶香四溢中，在烟雾缭绕时，久有的闪光观感，深埋的心头之念，蓄势深层的奇思妙想，便会流淌笔尖，好似心中的话憋了很久总算说出；好似红灯阻挡的车流，又能伴随绿灯的转换重新向前；好似与久违相见的亲朋好友道出了千言万语。这种笔尖的流淌并不是无病呻吟，而是发自心中，思于脑海，行于笔头，有感而发，有悟而思，有观而想。因此，每次均能洋洋洒洒，或娓娓道来，或观感涛涛，或触及心灵深处。善于思考、勤于思考、乐于思考应是我的长处，这也是有智慧的领导用我之擅长的原因。

烟茶的功效是明显的，烟茶与大脑相连接，想必还会有更大的功效，只要我不懈地努力，当然还要借助于烟茶的作用。

2009 年 9 月 20 日于浔阳书苑

# 懒惰的蚂蚁

为了食物，一队队蚂蚁紧锣密鼓地忙碌着，而仔细观察会发现，有一些蚂蚁并不参加忙碌的队伍，而是身处僻静懒懒地待着，好像若无其事，又好像似睡非睡，这部分蚂蚁又被称为"懒惰的蚂蚁"。当一切正常的时候，当忙碌的队伍秩序井然的时候，当没有出现异常情况的时候，他们就是所谓的"懒惰的蚂蚁"。然而，天有不测风云，人有旦夕祸福，又有谁知道，当暴风雨来到的时候，当忙碌的队伍突然出现断裂和迂回的时候，当不可预见的种种风险从天而降的时候，这些"懒惰的蚂蚁"就会紧急行动起来，就会四处出击，就会想方设法恢复秩序，这群"懒惰的蚂蚁"好似消防队，又好似稳定器，更好似风险的承担者，他们发挥着忙碌的蚂蚁不可替代的作用。我就像那"懒惰的蚂蚁"，看似无所事事，其实，早已未雨绸缪，只是时机未到，只能卧薪尝胆，等待迎接暴风雨的到来。

2010 年 7 月 27 日于听雨轩

# 生死相随

一早上班，接到 A 同事的电话，说是媳妇生了一个女娃。母女平安，又是顺产，倒也欣慰踏实。可依然是一早，B 同事却告知婆婆去世了，尽管其婆婆生病已有时日，一直在医院治疗，但突然传来的死讯，依然让人悲痛不已。生育闺女的要忙于伺候并请月嫂，死了婆婆的也要奔丧告假。一个忙于生，不免喜从心来；一个忙于死，不免悲自心底。生与死又一次巧遇并冲突。因为工作上他们也是 AB 角，为相互依托并配合支持。但生死的同时发生，却使 AB 角发生了时间和工作上的冲突。尽管有冲突和矛盾，可仔细一想，没有生哪有死？没有死又何从有生？生死本相从、相依、相伴、相随。地球就这么大，容纳的人就这么多，土地就这么有限，如果只有生而没有死，地球将成为什么样子。然而，从情感上人们只愿意接受生，而不愿意接受死。可是，死讯一次又一次地冲击人们的内心，让不愿接受的人们一次又一次不得不接受。关键是生死相随，生生不息，世代相传，家风相承，光宗耀祖，国强民富，生才会有意义，死也无憾。也就是说，生得有意义，死得无遗憾。这才是生死的根本宗旨。

**2013 年 5 月 23 日**

# 从哪里来？到哪里去?!

　　清明，4月5日，去南方老家沿河祖坟，将母亲与父亲合葬。唐河支流，双木桥外，河道蜿蜒，绿水环绕，背靠修建不久的高速公路，四处油菜花盛开，金黄灿烂，油菜花长势已经超过了膝盖。一个月前，我让乡下堂哥约请的泥瓦匠重新撬开父亲陵墓的预留小门。我和大哥先去给我们的爷爷烧纸叩头，然后再给大爷上坟烧纸。重新回到父亲的墓碑前，泥瓦匠已经将墓碑的小门凿开碗大的小洞，透着阴天不太明亮的光线，看到父亲的骨灰盒依然完好如初，特别是在阴雨绵绵的南方很是难得。骨灰盒上一寸黑白照片，父亲的形象依旧，目光依然慈祥，照片没有丝毫的破损，见到此景不免心中释然并伴有几许的欣慰。泥瓦匠很快又在父亲骨灰盒的左侧安顿好了母亲的骨灰。此时大嫂心中不免悲痛万分，潜然泪下，她对母亲是有深厚感情的，她们也是少有的婆媳良好关系的典范。叩首作揖之际，纸烟燃烧之中，灰飞缭绕之时，我突然悟出了什么？我感受到了一个严峻的事实——从哪里来？到哪里去？这个陵墓距离父亲的出生地双木桥那边，只有数十米，而叶落归根也是父亲的强烈愿望，他老人家现在如愿以偿。母亲因为担心归天后子女们不方便去给她上坟探望，很希望留在上海墓地，但是，现在的墓地毕竟离她老人家出生的村庄也不过十多里地，更重要的是他们夫妻能够团圆。父母生在同一个县乡，他们相爱至白头，现在他们归天又同入家乡的土地，他们从这里出发，在家乡他们并不相识，他们在上海相逢结成伉俪，今天他们归天后又回到了故乡熟悉的土地，他们从这里来，他们又回到了这里。可是，他们一生一世，如此这般的辛苦，又是为什么？又有什么意义？每每想到这里，我就不免悲痛难忍，我就觉得从终点又回到起点，又何苦如此忙碌一生，既然每个人从这里出发，又渴望叶落归根回到故里，又何必争高低、争输赢、争名利、争生死？从哪里来，终究会回到哪里去，每每想到这里，就会悲从心起、惆怅万分，就会情不自禁、潸然泪下。此时此刻，甚至觉得人生又有何意义？生死奋斗，荣华富贵不过如此，不过尔尔罢了。

4月6日，带着这种负面悲伤的心境，大哥、大嫂和侄儿要南去上海，而我则要飞回北京。南去北往的路途上，我依然思考着人生的意义何在？反复思考中幡然醒悟、茅塞顿开，突然豁然开朗、烟消云散，突然明白了为什么要南去北往。为什么我们兄弟二人不留在家乡？为什么我们能够在上海、北京扎根落户发展事业？为什么能够比后来者有相对扎实的基础？原来这是父母为我们兄弟的辛苦付出，这是父母给我们创造的有利条件。父母的意义为子孙打下了基础、创造了条件、构筑了平台，而他们此时却又回到了生他养他的土地上。父母的伟大在我心中突然领悟到了，亲身感受到了，切实体会到了。没有他们的辛勤付出，没有他们前人栽树，没有他们的条件创造，没有他们的鼓励鞭策，我们兄弟二人就不可能在上海、北京这样的大都市舞台有一个很好的发展，更不可能功成名就。生生不息，父母为后代而劳作，鞠躬尽瘁、死而后已。从故乡返回京城的路上，悟到了父母养育之恩，悟到了父母用心良苦，悟到了父母未雨绸缪，感恩之心油然而生，缅怀之情久久萦怀。于是，不再悲观沮丧，不再丧失斗志，不再以负面情绪面对人生。此时此刻，心中释然不少，认识提高，灵魂升华。心中从此下定决心，不管条件如何，经常去故乡看望父母实属当然，也为有现在的幸福生活而感恩、而联想、而释怀。

　　谨以此文献给生我、养我、培育我成材的父母。在北京为故去的父母叩安。儿子永远怀念你们。


2014 年 10 月 17 日于听雨轩

# 西单商场时间

新买了一块手表，想拿出来戴一段时间。时间很快就调准到位了，不知为何，日历却始终调整不了。有一天傍晚，正好路过西单商场，于是就到钟表维修店，想请师傅给调试一下。柜台内一共有两位师傅，一位正在埋头忙着修表，另一位戴着红箍的师傅正好没活儿。于是，我赶紧请红箍师傅帮着调试一下。红箍师傅接过手表，就开始拉开拨针钮，使劲地转动时针秒针。一看如此，我赶紧再次告诉师傅，我只想调试一下日历。师傅权威地回答："要想调试日历，必须先将时间调准。"于是，我只好耐心等待。不一会儿，师傅说："调好了。"我接过手表一看，日历的确已经指向当天的1月3日。可再看一下时间，表针指向4：35。我总感觉时间有点问题，因为我们3点多出来去超市购物，现在这个时点，怎么也得5点多了。果不其然，打开手机一看，已经是5点35分了，整整差了1个小时。我哈哈一笑，看来这个红箍师傅调整的不是北京时间，而是"西单商场时间"。

2018 年 2 月 15 日发表于《北京晚报》

# 巧 合

因为经常在胡同里转悠，所以感觉胡同东西向行走相对方便易行，南北向溜达则较为周折困难，于是就有了《从砖塔胡同到兵马司的艰辛》一文的诞生（此文已发表在 2018 年 1 月 9 日的《北京晚报》）。可是文章写完了，总觉得太长，竟然有四千多字，真担心读者没有耐心读完，于是，想请原先在报社当过主编的于女士帮忙看看。于女士也感觉文章长了点，建议我在文章中加几个段落小标题，以吸引眼球。另外，于女士为了帮助我启发思路，还专门推荐了一篇文章给我参考。可是，当我看到推荐文章的题目，不禁惊讶地笑出声来。该文的题目叫《英子胡同的宁静》，发表在 2010 年 10 月 17 日的《北京晚报》，而这篇文章的作者正是我自己，您说巧不巧。

2018 年 2 月 22 日于听雨轩

# 候会的苦恼

今天上午九点开始的会议，一共有五个议题。我负责汇报的议题排列第四。上午十点左右，会场已经来了电话，催着去候会，于是，我一路小跑，来到了会场外。因为第一个议题刚刚完毕，会场内走出一批参会者，同时，第二个议题的参会人员也进入了会场。我来到会场外的小会议室候会，里面已经坐了一部分参加第三个议题的候会人员，大家互致问候后，坐下来等候，时不时地玩着手机。等到快十一点半，第三个议题开始讨论，于是，又一波人员在会议室门口相互交会，擦肩而过。眼看就是十二点半了，如果作为第四个议题再不进行讨论，我在这儿已经候会两个半小时了。正当我满怀希望等待进入会场的时候，突然，会场的人员跑出来通报，说会议暂时休会，先吃午饭，下午三点继续开会。在等候了差不多五个小时的时间后，我终于步入了会场。而怎么也不曾想到的是，这个议题讨论不到十分钟就结束了。按照常理，我理应对这样的高效而高兴，但实际上却有一种哭笑不得的感觉，因为候会已经花去了大量时间，情绪早就受到了破坏。这就是候会的苦恼。候会也因此成了我们公司中层管理人员磨炼意志、考验耐心的重要平台。


2018 年 5 月 28 日发表于《北京晚报》

# 我的七次搬家经历

1983 年 8 月，我大学毕业分配工作，那年我刚 22 岁。单位坐落在北京城西的一个大院中。办公楼是苏式建筑，红砖墙，墙体很厚，冬暖夏凉。由于当时是新机构，因此，还没有员工的正式宿舍，只能在办公楼前搭了一个简易楼，一层是砖体的平房，二层就搭建了简易单身宿舍。一个房间也就十三四平方米，里边放着两个单人床，没有厕所和洗澡间。尽管房屋是简易的，但遮风挡雨没有问题，况且，还离办公室很近，吃饭上班均很方便，我也就心满意足了。我还清晰地记得，当时的单位最高领导，在某一天早上上班前，还专门到我们的集体宿舍来看望我们。

1985 年 11 月，在单位工作两年多，我也到了谈婚论嫁的年龄。当然，结婚就必须有个住处，于是就向单位行政处打听，结婚可否分到住房。经过了解，最近还真有住房分配，但是，单身员工没有资格，只有结婚才能分到住房。此时，我正好与现在的妻子处着对象，我们毅然决然地领取了结婚证书。有了结婚证书，就有了分房资格。于是，我们就分配到了人生的第一套住房。这个住房坐落在海淀黄庄路，是个高楼。我们的房子在十二层，是朝北的两居室，但是按规定，我们只分配到了其中的一个房间，大约十五平方米，另一个房间则分配给了别人。我们双方共用一个小客厅、一个厨房和厕所。这是我们家分到的第一个居所。尽管与别人合住，有诸多的不便，但当时分配了这样的房子已经感到无比的幸福。那时候，周末休息只有周日一天，我们会在周日的上午忙完所有家务，然后在周末的下午搭上332路公交车到动物园，然后再转乘102路到西单逛逛商店。

1988年1月，我们的儿子出生了，在合住的房中居住有诸多的不便。于是，我们又向组织反映住房的困难。正好又赶上了单位有分房排队的机会。根据我们的情况，可以分配到独立的居所了。这样经过短时间的排队等待后，我们分配到了一个独立使用的一居室，就在同一个楼的十四层，建筑面积应该在四十多平方米，而且是朝阳的房间。一个十五平方米的南向大房间，一个七八平方米的小厅，还有虽然不大，但可以独立使用的厨房和厕所。这是我们分到的第二个住处，也是全家第一个独立使用的居所。

1990年12月，儿子已经两岁了，该去幼儿园了。一家三口，住在一居室里，有那么一点拥挤了。这时正好又赶上单位在广安门新建了一栋宿舍楼。于是，再次改善生活居所的愿望重新燃起。我们已经去广安门选择了一套位于10层的两居室。房屋质量格局均很好，两居室，一个房间15平方米，一个房间12平方米，两个房间朝向东面，一个9平方米左右的客厅，还有不小的厨房和厕所，房间钥匙都拿到了手。但是,这套房子的缺点是交通极不方便,距离公共汽车站很远,起码要走20分钟的路程,而且,还是相对偏僻的小路;另外,房屋的朝向不太好。而就在此时,听说有一位同事,有一套旧房退了出来,我们赶紧去看了一下,这套房坐落在前三门的和平门附近街边。房屋面积也就45平方米左右,两居室无厅,大房间南向,15平方米左右,小房间只有6平方米,厨房稍大一些,有四五平方米,厕所则较小,也就1平方米多,还是个长条状蹲坑。整个房屋的质量要比广安门差不少。但是交通十分方便,楼下直接有44路、48路等公交车。另外房屋的朝向是南北向。这正是广安门房的缺点。于是,我们毅然决定要前三门的旧房,退回了已经领到手的广安门的钥匙,前三门的房屋也就成了我们全家分到的第三处居所,当时花了150元搬家费,租了一个敞篷大卡车,在寒风凛冽中,满心欢喜地从海淀搬进了市中心的前三门。

1992年7月,我调动了工作。按照我个人的想法,仍想继续住在前三门的房屋中。但是,调离盖章的十二个章,几乎全部盖完了,只差房屋这一个章了。当时,我只是个主任科员,可是为了解决这个问题,我不得不去找当时单位的最高领导进行交涉。我清晰地记得,我到了他的办公室,在一个铺着白桌布的会议桌边,我与领导对坐着谈了四十分钟。领导的意思是住房不能带走,同时表示,既然对方单位暂时分配不了住房给你,你就不要调动了。而我不得不明确表示："好吧，三天之内我会将房屋交还给单位。"三天后，我搬出了前三门的房屋。在单位盖上最后一个章，顺利调离了原单位。至此，我们成了无房户。

1994年12月，调入新的单位两年多后，又赶上了排队分房，这一次分到了方庄新高楼中的两居室。房屋面积也不算大，建筑面积也就50平方米，大房间14平方米左右，小房间10平方米，两个房间均是朝南的，而且还有一个横跨两个卧室的大阳台；有一个9平方米的客厅，厨房5平方米左右，格外敞亮，厕所也不小，还配有澡盆。这就成了我们全家第四处居所。

1996年8月，俗话说："树挪死，人挪活。"调入新单位后，我也有了一点进步，1995年升职了，这样住房的标准也就有了提高。我又分到了昆玉河边的三居室。房屋建筑面积七八十平方米，但是有三个房间，三个房间的面积不相上下，都在十来平方米，两个房间朝南，一个房间朝西，因为有三个房间，这样除了两个作为卧室外，第一次有专门的书房。厨房应该在5平方米以上，厕所有2平方米左右。关键是一个16平方米左右的大厅。这就成了我们全家第五处居所。

2001年3月，在组织的关怀下，在大家的支持帮助下，我又取得了进步，继续升职。这一回又赶上单位分房。地址就在东二环边上，听上去交通不错，实际上交通十分困难。这是在原光华木材厂的院子里盖的居民楼。按照排队顺序，我选到了一套五层的三居室。房屋建筑面积 105 平方米，三个房间，两个朝北作为卧室，一个朝南作为书房，客厅已经增加到 20 多平方米了，厨房、厕所均在 5 平方米左右，既有南阳台，也有北阳台。在这个居所里，我们全家过着其乐融融的生活，儿子慢慢长大，我已经与儿子开始讨论巴金《家》中的人物，议论韩寒的《三重门》。我们的家还有儿子与我们的居所一起变化和成长。这是我们全家的第六处居所。

2018 年 7 月 16 日于听雨轩

# 走错门

　　欢天喜地搬入了新居，新房在四层，还有电梯。有一些简单的生活用品，我们就用车拉了一车，随后一趟一趟地跑上跑下地忙着搬东西。

　　这一次又进了电梯，直奔楼下，下了电梯往左拐，然后往右一拐，就应该出了楼的大门。可是这次特别纳闷，下了电梯左拐，没有任何问题，可是往右一拐，刚要往前走，突然出现一位文质彬彬的少妇，还戴着金丝眼镜。少妇轻声轻语但略显诧异地问："你们找谁？"因为着急搬东西，我连脚步都未放慢且不容置疑地回答："我们没有找谁，我们找大门出去搬东西。"少妇微皱眉头，但略显不满地说："可这是我的家呀，我没有邀请你们来做客啊"。听到这里，我简直蒙了，我们到楼下搬东西，怎么会跑到人家家里来了呢？可是，此时此刻，我已经穿越大堂，理应到达楼的大门了，然而却来到了阳台，已经无路可走了。此时我才冷静下来，仔细观察，这才发现这里的确不像去的一楼大堂，而是名副其实的公寓住所，房屋四周堆满了东西，右边还有一个房门，刚才匆匆而过，根本没有注意到右边的房门。此刻我突然意识到的确可能是上错了楼层，走错了房门。原来我们应该坐电梯到一层，但不知何因，鬼使神差般的电梯到了二层。而恰逢二层一号也在搬家，公寓的两扇门四敞大开，导致我们下了电梯左拐后一点也没有发现与一层有任何差异，而右拐后又恰是二层一号的大厅，极其像一层的大堂。这样在没有外人阻挡的情况下，我们好像真的到了一楼大堂。好不容易发现的确走错了门，马上向女主人赔不是。好在女主人也还通情达理，在我们真诚地道歉之后，也能有所谅解。于是，大家在一片欢声笑语中，消除了误会，达成了和解。

这一次的"走错门"，使我们两家成了好邻居。


2018 年 8 月 22 日发表于《北京晚报》

# 父亲的绰号

老父亲今年已经高寿 89 岁了，尽管身体也有点小毛病，但是性格开朗，遇事豁达，还喜开玩笑，在家里与我们三个孩子打成了一片，有时候我们与老父亲还有那么一点"没大没小"。父亲随着年事增高，脑袋上的头发日渐稀落，特别是脑袋上只有为数不多的几根头发了，于是，我家老大给父亲起了个绰号，叫"几根发"，父亲听了，也不生气，随手胡噜了一下脑袋，眯上眼睛，哈哈一乐。我看着父亲的脑袋，仔细观察他的头顶，发现中间不仅没有一根头发，而且头顶锃亮，只有四周才有那么一点短发，我猛然发现，这不有点像"溜冰场"吗？父亲听了我给他起的绰号"溜冰场"，也未生气，又随手胡噜了一下脑袋，眯上眼睛，还是哈哈一乐。我弟弟看到父亲并不生气，也开始琢磨起父亲的脑袋，他在父亲眼前略为眯眼一看，突然又有了新的发现，这哪是一般的脑袋，这个圆圆饱满的头顶，整个就像个"天际线"。父亲听了"天际线"绰号，还不生气，又随手胡噜了一下脑袋，眯上眼睛，仍然哈哈一乐。

我们三个孩子给父亲起的绰号也传遍了亲朋好友，大家都为我们全家的"没大没小"和有趣的绰号而开怀大笑，更为我们家庭和谐的氛围而赞叹不已。

2018 年 11 月 26 日发表于《北京晚报》

# 小伙坐电梯走神

早起上班到了办公楼，我和两个人一同步入电梯，一个是年轻的美女，另一个是英俊帅气的小伙，还有我这个半拉老头。三个人各自按了自己想要去的楼层。我去最高层二十一，美女按了三层，小伙子按了七层。电梯开始上行，很快到了三层，美女快步走出了电梯，不知何故小伙也随之跟出。我正在纳闷，小伙为何按了七层却去三层，正想办法如何按灭七层，可使电梯直达二十一层。未曾想到，小伙又好像幡然醒悟似的，急速返回了电梯。电梯继续上行，尽管我们同在一个办公楼上班，然而彼此并不熟悉。此时此刻，我憋不住地与小伙开起了玩笑："是不是不管三（层）七（层）二十一（层）追美女，忘记该在哪层下了？"小伙一听，也红着脸就着我的话应承道，"对呀，刚刚走神光顾跟着美女下三层了，忘了自己应该去七层，是有点不顾三七二十一层了"。于是，我们在电梯中一块哈哈大笑。到了七层，小伙像是犯了什么大错似的，扭头快步一溜烟走出了电梯，而且，始终不好意思再回一下头。

2018 年 12 月 5 日发表于《北京晚报》

# 失而复得的粮票

这是 20 世纪 70 年代的事情了。我们的胡同一共住着三户人家。有一天上午，突然隔壁谢大爷家发出哭天喊地的吵声，那种撕心裂肺的悲痛叫人难以入耳。仔细一听，从断断续续的哭声叙述中，我们才了解到发生了什么。原来不知道什么时候，谢大爷家的粮票盒子被小偷给盗窃了，而这些粮票是谢大爷全家一年的口粮。在那个年代，光有钱是买不到粮食的，必须要有粮票配上人民币才能买到。即便是上街吃个早点，也必须要有粮票。那时候早点一张大饼、油条加豆浆，必须付一两半的粮票，即大饼一两、油条半两，豆浆不需粮票。有的人需要公差，则必须持有组织上的批件，才能到粮管部门将本地的粮票兑换成全国粮票，这样到了外地吃饭、下馆子也就有了保障。可见在计划经济时代，粮票的重要性。谢家哭天喊地闹了一整天，胡同前后几十户人家无人不晓。但是，大家也只能表示同情，也实在没有办法帮助他们，因为，那个时代粮票是定量的，家家户户就那么点口粮，如果你把家里的粮票给了别人，那你自己就可能面临饿肚子的窘境。谢大爷全家在极度悲痛绝望中度过了无比难受的一天。夜深了，前后街坊们也陆续关灯睡觉了。

第二天上午，隔壁谢大爷家又传出惊人的消息。据说在凌晨 5 点左右，天还未亮的时候，送牛奶的大妈刚刚在窗台上放下奶瓶，突然听到一声响动，有一样东西从谢大爷家的厨房窗户扔进了谢家。家里人听到了声响，马上起来跑到厨房，一眼看见地上一个小盒子躺在了那里，谢大爷急忙拿起盒子仔细端详，这不正是他们家被盗的粮票盒子吗，再打开盒子一看，里面的粮票居然一张未少，就是说粮票盒子原封不动地又送了回来了。于是，谢大爷马上打开大门，想要看一下送回粮票的窃贼究竟是谁。没想到，等门打开，门外早已没有人影了。这一天，谢大爷全家转悲为喜，为"失而复得"的粮票欢天喜地。

这件事情，同样传遍了胡同前后几十户人家。后来，大家饭前茶后的猜测，这个窃贼可能就是前后胡同的哪家臭小子，或许他听到了谢大爷家撕心裂肺的哭声，有点后悔而送回了粮票；或许这个小子的父母耳闻了谢家的哭天喊地，逼着臭小子还回了粮票。总而言之，这个臭小子还有那么点良心和善意。

2018 年 12 月 12 日发表于《北京晚报》

# 番茄酱的故事

20世纪七八十年代，北京入冬以后，家家户户的主打菜是大白菜和土豆之类的大众菜。我们家的情况则与邻居有很大的不同。深秋时分，我母亲会买上几菜篮子便宜的番茄，然后由大姐将番茄清洗干净，二姐的任务是在家中收集各种带盖的瓶瓶罐罐，同时，把瓶罐清洗干净并在锅内蒸一下再倒置晾干。晚上，在四合院的厨房中，昏黄的灯光下，切好的番茄用大盆盛放中间，一家人围着餐桌，一边聊天说笑，一边用勺将番茄装入一个个玻璃瓶中。一晚下来，在全家欢声笑语中，一大盆番茄装进了几十个瓶中。三姐则将装好番茄的玻璃瓶密封，放在大铁锅中蒸煮，一般要煮上个把小时，然后让番茄自然凉却。最后由我将瓶子放入纸箱，盖上棉布，这样番茄酱就算制作完毕了。那时候，家里还没有冰箱，只能将纸箱放入厨房外的小夹道中，用寒冬天然的冰箱呵护着番茄酱的品质。

入冬以后，在我们家的饭桌上，除了传统的大白菜、土豆外，会经常有番茄炒鸡蛋这样的金黄透红的经典菜。有时候，将西红柿与茄子和辣椒一起混炒，也别有一番风味；有时候，也将番茄做成西红柿蛋汤，在汤中再加上少许紫菜和葱花，一盘色彩斑斓的鲜汤呈现了诱人的味道；有时候，中午吃面条，而西红柿鸡蛋打卤成了最好的浇汁。就这样，在寒冷的冬季，番茄酱成了我们家美味佳肴的代名词，也成了邻里倍加赞赏的一道冬季名菜。

2019 年 3 月 3 日

# 当家的尝试

1979 年，我考入了大学，专业又是学习经济的，自我感觉良好，心气很高，三番五次地向母亲提出要当家的愿望。主要是发现母亲当家老是入不敷出，老是东借西借，运转不灵，我认为当家有何难呢？在我一再申请下，那个月的十日，我母亲说，这个月你当家吧。于是我从母亲手里接过父亲刚刚拿到的当月工资 61.4 元，心里好不得意，心想总算当上家里"财政大臣"了。我还没有来得及开始规划这个月的家庭生活开销，母亲心平气和地说："上个月向你二舅借了 40 元，你先去还了。"我屁颠屁颠地跑到后边的胡同，还给了二舅 40 元。回来后，母亲说："你看看咱们家缸里的米也快见底了，咱们俩一起去买一百斤米。"于是，我与母亲一起跑到粮店买了一百斤米，每斤 1 角 4 分 3 厘，一共花去 14 元 3 角，我们母子俩分别扛了五十斤米回家。买回米后，我一算钱有点慌了神，61.4 元只剩下 7.1 元了。母亲接着又说："现在，你再去买点油盐酱醋，半斤油、一瓶酱油、一小袋盐和一瓶醋，对了再买点味精，还有把肥皂票指标也用了，买两块肥皂。"等我买完油盐酱醋、味精和肥皂，就只剩到 1 元了。母亲又说，明天开始，你每天起个大早，买点青菜、萝卜之类的蔬菜。但是，这点钱只够买一两天的蔬菜，如果要想买点荤菜，一个月下来，买菜起码需要 10 多元，以后的买菜钱你就自己想办法吧。差点忘了，你父亲要抽烟，就是那种最便宜的烟，8 分钱一包的大生产，每天一包，一个月下来，也需要 2 元 4 角，还有你弟弟上学，早上需要在外边吃个早点，每天只要 1 角，一个月下来，也需要 2 元多。最后，还有米，现在买的一百斤只够吃二十来天，到时候还应再买五十斤米，需要 7 元多。

听了母亲的话，她还只是说的吃饭问题，还有穿衣、学费、坐公共汽车、人来送往都没有计算。如果这些都包括，到不了半个月，向舅舅借钱似成定局。我一看这个家，真是没法当了，因为我还在上大学，既没有富余的钱去应付，又没有足够的精力去操持。于是，我不得不收回成命，求饶母亲这个家我不当了，马上交回当家权。尽管我一个月的家也没当成，但是，通过想要当家的尝试，却了解了那个年代当家的艰辛，真所谓不当家不知柴米贵，不当家不知家境难。

2019 年 3 月 27 日发表于《北京晚报》

# 关于雍正上位称帝问题

周末，有幸聆听中国第一历史档案馆副馆长李国荣先生"雍正大帝解读"，十分过瘾，收获不小。第一档案馆收存着明清两朝的皇宫历史文档，李先生的研究，观点鲜明，论据扎实，有大量史料做依据，令人感叹信服。一个半小时的讲座，消除了我一个重大疑惑，那就是雍正究竟是如何当上皇帝的。显然不是民间传说的那样，即康熙的遗旨"传位十四子"篡改为"传位于四子"。李先生介绍的理由是，一般必须写"传位皇十四子"，不太好在中间加上"于"字。另外，康熙先帝遗旨应有满汉两种文字。然而，雍正并未被康熙立为太子，而康熙驾崩后的第三天公布的遗旨则有可能是编造的，而且内容中没有明确的传位于雍正的遗旨。据李先生研究的结论是："雍正是自立的皇帝"，不存在篡位，因为康熙先帝没有先立雍正为太子，也没有康熙先帝明确的遗旨。另一个体会和收获是，有必要充分肯定雍正在位十三年发挥的积极历史作用。康熙帝当朝六十多年，在位后期恩威并重以恩为主，吏治从严不够，留下一个"烂摊子"。雍正上位后，大刀阔斧改革，从严治理，狠抓廉政清正，确定立储新规，从而为传位乾隆打下了牢固基础，可见雍正虽然在位只有十三年，但他起到了重要的过渡作用，承上启下，吏治从严，清除腐败，改革祖规，为铸就一百二十年的"康乾盛世"打下了基础。同时李先生也认为，准确的表述应该是"康雍乾盛世"，我以为很有道理。李先生对雍正的历史评价是"大力改革，务实反虚，勤政有为"。归纳起来，清史研究，不能老看演义、历史小说、戏说之类的东西，以免误入歧途、走错方向，更免以讹传讹、不解真情。

2019 年 5 月 11 日于浔阳书苑

# 面对夕阳的六种境界

面对夕阳的六种境界，以宋词为证。宋代晏殊的"昨夜西风凋碧树，独上高楼，望尽天涯路"。这描写的是春夏之后的秋天，西风嘶鸣，树叶凋零，独上高楼，眺望远方，灰茫茫一片，看不到路的尽头。这是面对夕阳的一种悲凉，是一种消极的人生悲哀。凄惨悲凉，这是面对夕阳的第一种境界，也是比较负面的境界。宋代欧阳修词曰："泪眼问花花不语，乱红飞过秋千去。"这里出现了一句类似"无可奈何花落去"的情感句子，而此时的伤感深情显然更重，已经到了"满眼泪花"，即便如此，花却不回答，这就加重了悲催情绪。随后"乱红飞过秋千去"，那些随风飘荡的枯叶越过高高的秋千飞向远方，花既不言语，那就让夕阳红叶随风去吧。这是第二种境界。

宋人晏殊的诗："一场愁梦酒醒时，斜阳却照深深院。"人生并无平坦的道路，"愁事烦事"肯定不少，但醉生梦死的酒醒之后，却清晰地发现斜阳照耀静静的小院、深深的小院，而且光动影移，如此宁静，宁静中又斜阳动移。显然，面对光动影移的深深静院，愁事烦事烟消云散，享受宁静安详的生活，这是面对夕阳的第三种境界，这应该是大多数人的境界。

宋朝宋祁的"为君持酒劝斜阳，且向花间留晚照"，与夕阳对话，把酒临风，劝告夕阳慢点落，而且，还要驻足花间留下美丽的晚照，这是夕阳红的美丽，也是人生对繁花的珍惜，更是对生命的祝愿。由此可见，它不是强调某一天的晚霞，而是关注并享受红霞之中人生的美好生活，也是对繁华生活的珍惜，更是对生命的祝福。珍惜祝福晚年生活，这是面对夕阳的第四种境界，也是最高境界也。

宋朝晏殊的"无可奈何花落去，似曾相识燕归来"两句诗有对比反差之效果，一方面是无可奈何的消失感伤，另一方面"燕归来"找回了喜悦的感觉。两者同时存在，悲伤与温暖并存，对比的本意又是强调温暖和喜悦的到来。这是第五种境界。

宋朝晏几道的词："落花人独立，微雨燕双飞"，这样的诗句，带给我们无比诗情画面的场景，面对秋天的落花，诗人孤独地站立树下，不免悲凉伤感，然而，此时细雨带来滋润，而双双的飞燕更是带来无比的美好和想象空间。一个"独立"，一个"双飞"，把读者从落寞的感伤转换为双双的喜悦。这是第六种境界，也是最高境界也。

**2019 年 10 月 27 日于浔阳书苑**

# 陕西人艺《白鹿原》点评

　　陕西人艺的《白鹿原》，与北京人艺的同剧相比，我感觉更加接近小说原著的本意。陕西方言的表演，让人有一种原汁原味的西部塬上感觉，剧中突出了白嘉轩的"腰杆子"特硬，完全符合小说的原意，而关于"真话、疯话、假话"的精湛台词，更是道出了生活中不同场合的逢场作戏。陕西人艺剧中虽然没有唱起激昂的黄土高坡陕北民歌，但话剧本身却仍然淋漓尽致地表现了陈忠实先生的小说真情实貌，这也是陕西人艺的话剧连演300场而经久不衰的原因所在。走出二七剧场，回味陕西人艺的话剧《白鹿原》，不免更加怀念故去的陈忠实先生。

2019年11月25日于浔阳书苑

# 狭路相逢 猫有专道

后英子胡同为南北向，只有两三米宽，两边均是直壁高墙。我正从粉子胡同转入后英子胡同，胡同空无一人。一不小心，突然发现前方迎面走来了一个灰猫，胡同很窄，两边高墙，我想这下坏了，这可怎么办？此时看见灰猫一双闪烁发亮的眼睛正盯着我，而我是属老鼠的，从小就害怕猫闪亮的双眼。然而，在光天化日之下的胡同，我一个大老爷们，也不可能因为迎面走来的猫落荒而逃，于是，我强装镇静硬着头皮向猫迎面走去。而让人费解的是，此时的猫丝毫看不出怕人，也毫不畏惧地向我走来，还走着猫步。眼看我们就要在狭窄的胡同中迎头相碰，就在这千钧一发的时刻，猫突然一转身从高墙的路边洞中溜走了。等猫走开了，我蹲下来观察这个猫洞只有拳头大小，站着的行人，如果不弯腰仔细观察根本就发现不了。真是人有人道，猫有猫路，狭路相逢，各有各道。

2020 年 2 月 25 日于浔阳书苑

# 疫情当前给儿子理发

二月二，如何才能龙抬头理发？儿子已三十有余，上次给他理发差不多是二十年前的事了，当时他快上初中，知道发型时尚了，开始不让我给他理发了。然而疫情当前，他也找不到理发店了，不得不硬着头皮让我给他理发。可我担心他对我的理发技能不太放心，经过一再询问，得到了肯定的答复。于是，拿起理发剪刀，咔嚓咔嚓在他头上转着圈地理，从上到下一层一层地修，我熟练的剪发技能让他恢复了往日的信心，于是乎电动推子精心修边后，全新的发型展现在眼前。在洗完了头发，镜子面前反复验照后，他终于露出了满意的笑容。而我一颗忐忑的心也终于落了地。

2020 年 3 月 3 日于浔阳书苑

# 英子胡同的宁静

清晨，我有一个散步的习惯。散步，我非常喜欢独自在静谧的胡同中徜徉。早上七八点钟，英子胡同格外安静，与车水马龙的大街形成了鲜明的对比。或许是居住的人不多，或许是上班的人已经出了门，或许狭窄的胡同车辆无法进入，总之早上的胡同人烟稀少、非常寂静。

从粉子胡同西端往东，走不了十多米，往南就可以步入小英子胡同。胡同只有五六步宽，二十米左右长，中间有两盏路灯。尽管胡同很古老，但是，其间的两盏路灯却是先进的太阳能，下垂的灯头有脸盆那么大，我这样的个头儿，只要伸手就能触碰到灯头，不知何故，灯头安装得如此低矮。灯头往上一米多的位置，安装着一米长、半米宽的太阳能板，为了采光，方向永远向着南方。

路过两盏太阳能的灯柱，走到了小英子胡同的南端，一个很小的副食品商店的名称映入了眼帘——"三英副食店"，小店的门面也就一米多宽，是一个居民住户的窗口，可能时间太早，小店的主人还没有开门。所谓"三英"恐怕就是指的"小英子胡同、后英子胡同和前英子胡同"三个胡同的别称。

一位老乡蹬着自行车由东向西悄然而来，不知何故，老乡并不言语，也不吆喝。他悠闲地推着自行车，一个小小的自行车，后座上面插满了各种要卖的杂物，墩布、笤帚、簸箕、草刷、筛子、撅子、擀面杖和鸡毛掸子，应有尽有，一辆自行车，就似一个小杂货铺，又似一个流动的、活生生的广告牌。

从小英子胡同左拐往东，也就步入了后英子胡同。

后英子胡同要比小英子胡同宽得多，可以容两个小轿车那么宽。漫步五六米，左边一个朱漆大门的院落紧关着门，真不知道里面究竟住了人没有，到底住了多少人。院落门墩边趴着一条黄毛的小狗，这条小狗对于过往的行人并不介意，只顾闭目养神，旁若无人。胡同的右侧停放着一辆鲜亮的紫粉色两厢小轿车，几乎占去了胡同的一半路面，估计是哪家姑娘或媳妇的"专车"。一位年逾半百的长者，正端着搪瓷脸盆接的清水，为这辆新车进行着擦洗。或许过不了一会儿，他的闺女或者媳妇就要开着这辆擦洗过的车，汇入城市上班的车流之中。为了防止到处欢跑的小狗把尿撒在车胎上，细心的长者用好几张纸板、纤维板及破木板，掩盖在四个车轱辘的外侧。

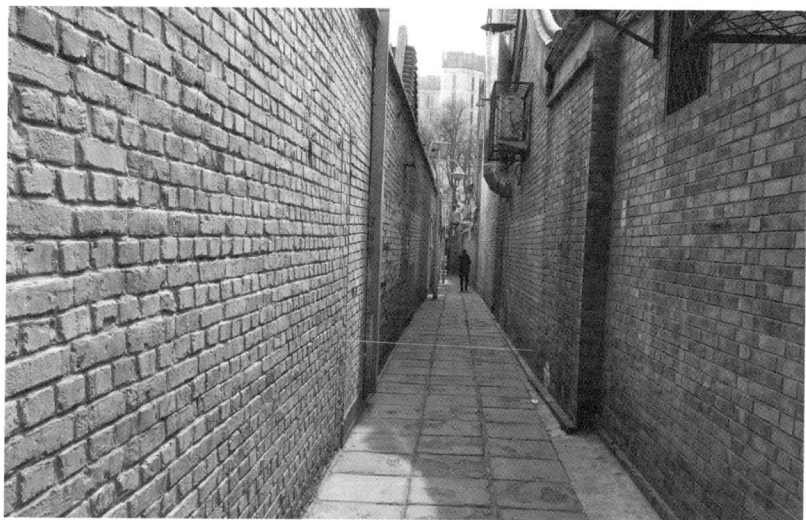

小英子胡同

　　从擦洗新车的长者身边路过，很快就来到了后英子胡同的拐弯处，胡同的方向不再是正面向东，而是有一点向东南的方向，这也是北京胡同中并不多见的斜向胡同，或许是这段斜向胡同实在是太短了，因此，胡同深处的"老北京"，并没有给这段十几步长的胡同起一个"某某斜胡同"的专用名词，而用"后英子胡同"把这段斜向胡同全部概括了。这段转向东南的胡同，短短十几步长的距离，胡同东侧一溜儿六七棵老槐树，每棵树的"腰围"需要一个大汉张开双臂才能合围抱上，每棵树相距也不过三五步远。槐树虽然不高，倒也把小小的胡同上空遮挡得严严实实，即便是夏日的中午，也不用惧怕烈日的毒辣。

　　槐树下一位老太太正在锻炼着身体，她不断用手敲打着自己的腿部，敲完了左腿，再敲右腿。快要走出后英子胡同的时候，两棵高大的杨树屹立在胡同的东口，杨树高耸入云，树叶硕大青翠，不仅为胡同的入口撑起了一片蓝天，更是为夏日的百姓带来了无限的凉风和惬意。

麻雀时不时地叽叽喳喳叫上两声，而偶尔高飞的喜鹊也会不甘示弱地大声叫唤一下，盘旋的鸽子发出呜呜的呼声，透过不远的天空，偶尔还能听到西单钟楼传来的微弱的钟声。

从后英子胡同转出往右向南一拐再往西走，这就到了前英子胡同的地界。前英子胡同的东口就到了西单大街，而由东往西首先经过的是国土资源部的信访办，而信访办对面是一个北京胡同中传统的厕所。走过信访办就又回到了前英子胡同的西头，而往北一拐，就与小英子胡同环绕并对接上了。

利用早起的清闲，漫步在这样的少有的、寂静的胡同之中。梳理着纷乱的情绪，化解着内心的烦恼，排解着无谓的忧愁，平息着浮躁的心境，然后，把这一切消极的情绪像垃圾一样，倾倒在胡同中环卫工人的垃圾车中。胡同的宁静成了消极情绪的过滤器，成了缓解生活压力的好去处，成了净化心灵的好场所。

从英子胡同出来，带着平和的心境和轻快的步伐，开始了新一天的繁忙生活。

2010 年 10 月 17 日发表于《北京晚报》

# 弘扬民族文化　了解茶中黑马

茶

褐色

后发酵

茶汤枣亮

泡煮二十巡

味道变幻甘润

减肥降脂利睡眠

冰碛岩成分安化产

始隋唐经明清闻者少

愿茶客惠赏黑茶行天下

大江南北长城内外无

咸阳申遗益阳扬名

白沙溪泾渭分明

千两茶草布装

金花始清康

日久沉香

味深远

另类

茶

　　茶，是中国百姓生活中一件不可缺失的生活食品，俗话说"开门七件事，柴米油盐酱醋茶"，但这只是一般意义而言，对于一些地区而言，茶就更为重要，茶是生活中必需的重要食品之一，比如一些少数民族地区煮奶用的砖茶等。

　　褐色，主要讲的是看到的外观。顾名思义，所谓黑茶，我们看到的颜色是黑黄色，偏黑色，而外观一般为砖形较多。

　　后发酵，主要指发酵的程度比较充分，也就是一般指十分发酵的情况，即全发酵茶。不像现在的观音茶，各种发酵的程度都有，才会有各色的茶汤颜色出现。

　　茶汤枣亮，主要指我们看到用黑茶泡出的茶汤颜色。应该说，茶叶越好，泡出的茶汤越为枣色清亮；茶叶越沉，茶汤越为红中清亮；巡数越多，茶汤越为清澈透亮。与普洱茶相比，茶汤区别不大，与红茶相比，茶汤没有红茶红颜浓重。

　　泡煮二十巡，这是黑茶的特点，泡煮可以二十余巡，依然可饮，而且味道变幻趋佳。另外，还有一个特点，茶叶可以隔夜继续泡煮，只是对于煮茶的水温有些要求，一般以高温煮沸为好，所以有铁壶煮泡的说法。一般而言，人们购置茶叶，均喜欢嫩叶、嫩尖，不太喜欢茶梗，但是，黑茶中的茶梗有些例外，茶梗可以帮助发酵的砖茶疏松空间，有利于发酵形成金花。发酵过的茶梗可以经久耐泡，甘润圆滑，令人回味无穷。

　　味道变幻甘润，主要指黑茶可以泡煮多巡，其中的味道是有变化的，总体而言，开始味重暗香，中间味轻偏于圆润，最后，味清渐趋甘润。关于变幻甘润的体会和理解，可能要多多尝试，即便如此，也会仁者见仁，智者见智。既要看喝茶时间的长短，还要看喝茶的环境，看喝茶的心境。关键看与谁一起喝，我想对于这一点，茶客是懂的。

减肥降脂利睡眠，喝了黑茶后，特别是大量喝茶以后，饥肠辘辘，直观感觉不仅刮油，还会增加食欲，饥饿加快，所以一要把握好喝茶的分寸，一般掌握在饭后，不可空腹饮茶；二要把握好喝茶的数量，不可过饮。晚饭后也是可以饮用的，并不会影响睡眠，主要原因是经过充分发酵的茶叶，其中的碱性刺激成分已经降至较

天桥的茶店

低，而其他微量元素依然较多、较好。

冰碛岩成分安化产，一方水土养一方人，冰碛岩是安化当地一种独特的土地成分，在这样的土壤、土质结构中生长的茶叶，才会造就黑茶的独特风格和专门味道。反过来说，如果黑茶脱离了这样的土壤，也就失去了赖以生存的基础，也就不会有现在这样的风采。

始隋唐经明清闻者少，初步了解，砖茶历史有两千多年，黑茶从隋唐开始种植、流传、鼎盛，唐朝成为贡茶，设立茶马司，有一千年以上的历史，明朝史料出现安化黑茶的记载，并设为官茶，但是，真正了解知晓黑茶的人，还是十分有限的，时至今日，这种情况虽有改观，但是，仍然需要广为宣传。

愿茶客惠赏黑茶行天下，从以上了解的情况看，黑茶是个好食品，因此，希望有越来越多的仁人志士、茶客绅士了解黑茶、品赏黑茶、多喝黑茶，这样黑茶就可以风靡天下。

大江南北长城内外无，这个主要指黑茶的独特性、稀缺性，一般的地方生产不了黑茶，因为别的地方没有安化独特的土壤、气候和条件，下面介绍的茯金花生产工艺，更是黑茶独有，其他地方难以生产。

咸阳"申遗"，益阳扬名，由于在明清时期六百年间，均在咸阳生产加工黑茶，其生产的"马合盛""天泰全"和"人民"牌茯砖深受西部茶客的欢迎，后来，公私合营规模扩大，使咸阳成为全国最大的茶叶集散加工地，市场上也有咸阳品牌的黑茶销售，因此，不了解黑茶的人，可能以为黑茶是咸阳生产的，产地也是咸阳，直至咸阳还去申请专门的世界文化遗产。然而，当人们进一步深究细问、潜心研究黑茶的时候，才发现黑茶真正来源仍然是益阳安化，因此，才有了咸阳"申遗"，益阳扬名的说法。

白沙溪泾渭分明，目前市场上有一定影响的黑茶品牌，知名品牌是安化的白沙溪，这是原来国有益阳茶厂分化出来的企业生产的。然而，历史上一直是安化产黑茶，咸阳进行加工包装并销售，借用泾渭分明的成语，是指黑茶的好坏，只有到了泾渭，经过加工生产包装才分出个品质档次，价格也有了高低。

千两茶草布装，这是黑茶独特的包装方法，经过多种工艺，形成了"千两茶草布装"的特色包装，便于运输、便于储藏、便于饮用，特别适合于开茶馆和大家庭的饮用。经过多年的发展，像这样的包装已经发展到多种分量、不同规格的产品，主要便于满足不同的需求，满足不同的家庭饮用。然而，这种独特的千两茶成为茶行业中独树一帜的包装方法。当然，还有一种千两饼的包装茶。

金花始清康，从康熙年间开始，在咸阳加工生产黑茶的时候，发现了一种独特的现象，就是在砖茶的中间会出现一种"茯金花"，由于气温条件的关系，一般会在夏季出现，因此，历史上也称"伏金花"，其效用类似土茯苓，有茶客以为放入了土茯苓，美称为"茯茶""福砖"。这种工艺一直是咸阳掌握的。1953 年，安化砖茶厂试制茯茶成功，1959 年白沙溪厂改用机器压制，开始大量生产茯砖。实际上，在一定的气候、温度条件下，茶叶中形成了一种叫"冠突散囊菌"的冠突曲霉物质，也叫孢子囊，俗称金花。而金花泡制时，花香融入茶汤，使得茶醇厚微涩，清醇不粗，口感强劲。茶中金花可以有效调节人体新陈代谢，并有降脂、降压、调节糖代谢的功效。

日久沉香，与别的茶叶不同，黑茶在一定的条件下，放置的时间越长，其质量越高，沉淀的效果越好，香味也更加久远耐长。

这就好比，形容好朋友的关系，"路遥知马力，日久见人心"，而好的黑茶，一定会"相处到永远，日久茶更香"。

味深远，这句话的意思，除了赞美黑茶饮用口感的深度，变幻甘润醇圆，更是对黑茶的一千多年历史源远流长的一种赞美。

另类，此意比较好理解，茶分红、绿、黄、白等不同颜色，唯有黑茶是茶叶中的别类，是与众不同的一类，是鲜为人知的另类。历史上，黑茶也曾沿着丝绸之路输往中亚欧，自古就有"丝绸之路上的神秘之茶"之美称。

茶，不是一般意义上的茶，它就是黑茶。一如俗话："一日无茶则滞，二日无茶则痛，三日无茶则病"，有的黑茶还能缓解你的"三高"，何乐而不为呢？需要强调的是，因为黑茶鲜为人知，与普洱茶相比，价格相对低廉，茶客自己喝有利身体健康，而孝敬父母长辈，应该是不错的节日礼品。

最后，我想引用一位老茶客的说法："一杯黑茶，泡出的是夜的颜色，沉沉茶叶，意味着历史的沉淀，这份黑，又注定它在茶市中扮演黑马的角色。"

2016 年 5 月 18 日于听雨轩

# 从砖塔胡同到兵马司胡同

## ——两条胡同之间有捷径吗

　　早就听说北京城的道路，东西向畅通顺快，南北向曲折难行。无论是东起建国门西至复兴门的长安街，东起广渠门西至广安门的两广路，还是东起东四十条西至车公庄的平安大街，只要是东西向的道路，总是那么的宽、那么的直、那么的顺畅，以至于交通管理局也将东西向的道路称为"主干道"。仍然以二环以内的北京城为例，无论是从南边的玉蜓桥到北面的安定门桥，还是从南边的开阳桥到北面的新街口，一方面，这些道路没有一个可以简称的道路名称；另一方面，如果从这两条道路上行车走一趟，那就体会到道路本身没有那么宽、那么直，也不如东西向的道路那么的顺畅。当然，用交通管理局的说法，相对于东西向的"主干道"道路而言，这些南北路被称为"支路"。

## 一、诞生《祝福》的鲁迅故居

　　北京城交通主道上如此，那么胡同深处又是怎样的情况呢？话说有着六七百年历史的砖塔胡同，因为胡同历史悠久，被专家称为北京的"胡同之根"。这条胡同曾经居住过鲁迅、老舍和张恨水等著名作家。砖塔胡同东起西四南大街，西至太平桥大街，是一条东西向的知名胡同，胡同的宽度应该可以勉强行驶两辆小轿车，当然东西向很正很直，与东西向的阜成门内大街基本平行，一通到头。史料记载，砖塔胡同61号是鲁迅先生的故居。当我们从砖塔胡同东口进入胡同，右手边是门牌号的奇数，左手边是门牌号的偶数。估摸着行至胡同中部的时候，已经到了55号、57号和59号，这几户仍然是平房，但是一过59号则是一个大院子，一大片空地上建起了十好几层的高楼。那么61号院到底在什么位置？理论上推算，61号院应该就在高楼的位置，因为，如果再往西去，也还是另外一个高楼。于是，我不得不向胡同中的住户询问，问了几位岁数大一点的长者，其中有几位说，鲁迅故居实际上是在现在的砖塔胡同84号。于是兴奋地来到了84号院门口，这个位置实际上已经距离61号院二十多米。当兴致勃勃地进入84号院以后，才发现这是一个大杂院，没有住户说得清楚，到底哪间房是鲁迅先生曾经住过的老屋。我的疑虑还在于，为什么明明是右手边的奇数门牌61号，怎么会跑到左手边的偶数门牌84号？是不是民国时候的门牌编制方法与如今有一定的区别？不管怎么说，总算找到了鲁迅先生的故居。这个故居是鲁迅先生从与弟弟周作人一起居住的八道湾胡同搬过来的，并在这里写下了《祝福》《在酒楼上》《幸福的家庭》《肥皂》等作品，后来，鲁迅先生搬到了现在鲁迅博物馆的宫门口二条。

胡同的一角

我们设想再去参观一下兵马司胡同的王卓然故居。兵马司胡同
也是一条东西向的胡同，它也是东起西四南大街，由于胡同的西头
已经变成了建筑工地，这就导致原先可以通至太平桥大街的胡同，
变成了只能到达西城税务局和中国司法学会的大门旁，是一条东西
向的断头胡同。查史料得知，1965 年，原先的沙井胡同和小褡裢
胡同并入了兵马司胡同。兵马司胡同距离砖塔胡同并不遥远，中间
只隔了一条大院胡同，而大院胡同也是一条东西向的胡同。

## 二、韵味十足的敬胜胡同

现在，要从砖塔胡同由北向南前往兵马司胡同王卓然故居，当然，我既不愿意从西面的太平桥大街绕行到兵马司胡同，也不愿意从东边西四南大街迂回到兵马司胡同，我琢磨着有没有一条捷径或者近道可以穿越抵达那里。于是，我沿着砖塔胡同东口进来的路往回走，边走边关注着右手边有没有可以往南穿行的胡同。差不多又回到了接近东口的位置，在这里已经清晰可见西四南大街的人来车往。终于找到了一条往南的胡同，胡同只有一辆轿车宽，窄而长，抬眼往胡同口灰砖墙壁上一看——敬胜胡同。于是，喜出望外朝南走，这个胡同韵味十足，朱门石礅，灰墙黑瓦，沥青小道。走了也就三五十米，胡同就到了尽头并开始往西拐，步行不到二十米，往南方向又出现了一个虽窄但很直的胡同，这个胡同的宽度已经不如敬胜胡同了，无法容纳一辆轿车的通行，如果站在胡同中间，伸开双手就可触碰到胡同的东西墙壁，至多只能通行一辆三轮车或自行车之类的简易交通工具了。抬眼一瞧，此胡同叫小院胡同。于是，大步流星沿着利用墙脚土地种植了葫芦架的狭窄胡同，向南走上百米左右穿越了大院胡同，再次加快脚步，经过外墙瓜藤挂满黄金瓜、绿叶成片的门户，过小院西巷的东口，又走十余分钟就到了兵马司胡同，巧的是，居然从小院胡同出来，右手拐弯处，就是想要参观的王卓然故居了。从砖塔胡同到兵马司胡同，虽然有点曲折，但也不过半个小时的路程，不可谓不顺也，不可谓艰难也。

假如不是步行而是开车来完成这段路程，则会有不同的周折。首先，从砖塔胡同转入敬胜胡同，小车还能勉强进入，但是，一旦车行到小院胡同，再要向南，则无可能，因为小院胡同的狭窄使小卧车根本无法通行。

### 三、曲折难行的四道湾胡同

我们试着沿着敬胜胡同继续往西走，看看能否找到更便捷的向南路径。从农业部信访办人员混杂的门口，继续往西走了三五分钟，南面出现一个胡同，名为四道湾胡同。顾名思义，这个胡同，需要转四个弯才能到达前方的终点。于是，我们向南步行十来步，向西走上十来米，然后，在只有几步宽的胡同里往南走上五六步，尔后继续往西穿行二十来米，就像跳着探戈舞步，忽左忽右，忽前忽后，辗转反复，曲曲弯弯。路过一个厕所，经过一个长满磨盘柿子的门户，再往南一拐，就来到了大院胡同的西头。然后继续南行路过小院西巷胡同的西头时，发现胡同的名称变为：南玉带胡同。而就在胡同的路边，开着一家"顺哲食品店"。这家食品店则是胡同深处传统的小店，对开的门户，进入商店则连站脚的地方也没有，到处堆满了各种商品。沿着南玉带胡同继续往南，走了没有几步，胡同方向开始往西偏南，不远的距离，有点像偏西南的斜向胡同了，继续向正南方向前行，这就到了兵马司胡同的西头，也就到了中国司法学会的门口。这条胡同走下来，还真体会到了玉带胡同的蜿蜒和纤细。要想参观王卓然故居，还需再往东绕回数十米。南玉带胡同，的确是像玉带那样曲折弯绕。当然这条路径，更无可能坐轿车开行。

## 四、匪夷所思的朱苇箔胡同

我们重新回到小院胡同抵达的大院胡同。在大院胡同，我们能否寻找到除了南玉带胡同以外的去兵马司胡同的更好路径呢？因为南玉带胡同是大院胡同偏西方向的，现在我们沿着大院胡同往东方向行走。往东走到离西四南大街不远的地方，我们惊奇地发现了一条往南的胡同，应该说胡同的宽度还是可以的，比大院胡同本身并不窄。然而，抬头观察胡同的名称，却发现一个比较罕见的令人匪夷所思的名称：朱苇箔胡同。胡同口有一位长者，于是，我向他求教，没想到长者快人快语说道："连这个都不知道，这条胡同，历史上就叫猪尾（yǐ）巴胡同，因为住在这里的百姓觉得这个名称无法承受，所以就把这个胡同改成朱苇箔胡同了。朱苇箔胡同既改变了原来胡同的读音不雅，也保留了原有的大致意思，当然，如果仍然只知道猪尾巴胡同的人，也不至于因为改了胡同的名称，而找不到这里的亲朋好友了，因为毕竟朱苇箔的读音与猪尾巴也还接近。"长者的回答一下子使人茅塞顿开。沿着胡同口向南步入了该胡同，没走上几步，胡同便向东拐，而且胡同也变窄不少，只够三轮小车通行了；往东没有几步，胡同又向南转，这就变得更窄，只够一人独行的小道了，这段南向小道极为细长，足有几十米的样子，而后胡同再次向东拐弯；最后，胡同继续向南通行且变得宽敞一些，这就来到了兵马司胡同的偏东地段。随后往右路过"阿莲美发店"，再经过王乃斌先生题写的"地质调查所图书馆"旧址，就来到了王卓然故居。从朱苇箔胡同出来，才体会到原来从大院胡同朱苇箔胡同北端的入口，胡同端口相对较宽，而胡同弯绕的深处则越来越窄。于是，我想重新体会一下此胡同的意境，偶然之中再次发现，如果从朱苇箔胡同南端的入口进入，也是入口处相对较宽，而胡同深处则相对较窄。也就是说，无论从南口还是北口哪个端口进入，这条胡同都是地地道道的猪尾巴形状，或者说，猪尾巴的称呼非这条胡同莫属，用猪尾巴称呼这条胡同实在是再贴切不过了。

## 五、障碍重重的三道栅栏胡同

此刻，我们重新回到敬胜胡同的四道湾胡同北口，想再寻找一条更为理想的通往兵马司胡同的道路。我们继续沿着敬胜胡同往西步行，在将要走到胡同西头的时候，往南方向出现了一条不宽不窄的胡同，墙上写着"三道栅栏胡同"，因为历史久远已经看不到三道栅栏了，更找不到三道栅栏的具体位置。刚往南进入了这个胡同，胡同左边一家住户，自己砌成的二层小楼，楼顶养了一大批鸽子，路过这里，鸽子不停地"咕嘟咕嘟"低语，屋脊停留着几个懒得飞翔的鸽子，而盘旋空中的飞鸽，呜呜作响的声音时远时近、不绝于耳。只看见窄窄的胡同往南又往西拐了个小弯，继续往南，再回到了四道湾胡同。而这条胡同的东边依然是民居，胡同的西边已经是挖了大坑的建筑工地。显然，如果在历史上，要想从这条胡同行进，必须要有过人的本领，因为你必须"翻越三道栅栏"，才能冲过胡同的屏障到达你想去的王卓然故居。眼前，兵马司胡同 17

老房顶

号的王卓然故居正在修缮，朱红的门楣上写着：吉祥如意。据了解，原先门口挂着一个门牌，上面写着："王卓然故居，一八九三年至一九七五年，张学良书"，此门牌是否为张学良所书，存在一些争议，有待专家鉴别。但是此地为王卓然故居应无太大争论。王卓然确属张学良的得力干将，1928 年，王卓然先生曾经担任过东北大学教授、东三省保安总司令部咨议，并兼任张学良子女的家庭教师，从而成为张学良的得力助手。

从砖塔胡同到兵马司胡同最近的直线距离只有半里地，但是，要想由北向南地穿越行进，想走捷径却是那么的艰难，那么的曲折，那么的迂回绕远，那么的费时耗力，那么的不方便。从北向南的路，要么细长狭窄，只有伸手展开的宽度；要么曲折弯绕，需要耐心走过四道湾，还要经过玉带似的纤细斜向路径；要么障碍重重，经过三道栅栏的翻越，才能抵达目的地。原来北京城的东西道路通畅快顺和南北的耗时周折，在胡同深处也体现得淋漓尽致，又或者说，胡同深处的东西通畅快顺和南北的耗时周折，比大街上更为严重，这是否说明，大街的特色与胡同中的情形有一定的关联。这只能请胡同专家来给出正确的答案。

　　三十四年前我刚来北京，最先知道的胡同并不是兵马司胡同，而是北兵马司胡同，这个胡同是在东城的南锣鼓巷附近，这两个只有一字之差的胡同，一般会以为相距不会太远，但是实际上这两条胡同却相距六七公里之遥。那种错觉以为两条胡同相距不远的，那种又想从这一条胡同去寻找另一条胡同的勇士，最好做好足够的思想准备，因为，探寻穿越胡同的路途并不平坦，特别是南北向的胡同之途更加坎坷、更加周折、更加艰难、更加耗时费力。如果不信，不妨一试，我翘首以待你穿越胡同捷径的佳讯。

2018 年 1 月 9 日发表于《北京晚报》

# 母亲包的粽子

小时候，端午节的前几天，我们家必包粽子，包粽子则是母亲的拿手好戏。包粽子要做很多准备工作，首先母亲要去买粽叶，买回粽叶后，要将粽叶放在热水里焯一下，这样包粽子时粽叶就不会轻易脆裂。然后，再去买糯米，糯米淘洗干净，这就算准备妥了。如果需要把粽子的馅变出一些花样，可以洗点红枣，每个粽子里放上两三个红枣，这就是很好的糯米红枣粽子了。也有放入红豆的，那就叫红豆糯米粽。后来受浙江嘉兴的影响，粽子开始放入猪肉，准备工作也就复杂一些，除了要将猪肉洗净外，为了加重味道，必须把猪肉放在酱油为主的作料中先进行浸泡，一般需要泡上半天左右，猪肉方能入味，而猪肉又以肥瘦相间的五花肉为最佳。

准备工作都做好了，就进入包粽子这个重要环节。一般要将粽叶放在一个偌大的木盆之中，用凉水浸泡着，糯米、红枣和猪肉等则放在不同的盆子中。如果要包红豆糯米粽，则将红豆与糯米直接进行混合。母亲包粽子的手艺大体如此，首先取两到三片粽叶，小粽叶取四片的也有，把粽叶排列摆布均匀并大头对齐后，然后用左手的食指和中指夹住粽叶，把粽叶旋转成一个小漏斗，漏斗底部必

林家祖传粽子

须紧实，不得有漏隙，然后用左手大拇指和食指捏住粽叶，腾出右手用小勺尽量往漏斗内装糯米，装得越满越实越紧越好，而后往糯米中间塞入一两颗红枣，或者一两块猪肉，最后用力将漏斗上面的粽叶使劲盖住糯米、红枣和猪肉等。用力压实的时候，或许会有少许糯米散落到木盘中，但没有关系，因为粽子是个三角形，这样就将剩余的粽叶围着三角粽子进行旋转式的包裹，当粽叶的末梢已经用完，这时候再拿一片新粽叶在三角形的周边进行一次直角裹边。裹到最后，再将粽叶的末梢转到三角形粽子的当中，再用粽针从粽子当中使劲扎过去，而粽针后眼则带着粽叶的末梢穿粽而过，而粽针带过的粽叶从粽子刚刚穿越过来后，用手去抽粽叶则是一门很大的学问，既不能力量过大，因为可能抽断粽叶则前功尽弃，也不能力量过轻，因为可能使粽子整体有点松塌。这样一个完整的粽子就包成了。

包成的粽子一个个放在硕大的铝合金锅中，整整齐齐转着圈地码了一锅，然后，把满满一锅的粽子加上凉水放在火上熬煮。因为每个粽子均很紧实饱满，加上粽叶的裹绑，要是不煮上半天，可能糯米不熟，也可能粽叶香气入味不够。忙碌了大半天后，粽子就可以吃了。母亲包的粽子最大的特点是，三角形状轮廓清晰，严丝合缝，饱满紧实，朴实美观，而由于猪肉浸泡酱油作料的时间合适，格外入味，味道鲜美，因此猪肉粽子最受欢迎。

母亲深知我们兄弟三个的爱好，给我们每个人包了个小书包。

小书包制作的工艺比包粽子要复杂得多，实际上是用两片粽叶各包一个三角形小粽子，然后用粽叶将两个三角粽连接起来，还是用粽叶做了一个小背带，小书包就这样做成了。粽子煮熟以后，我们兄弟几个都先去抢小书包，把小书包挎在肩上满处玩耍显摆，有时候甚至忘了吃喜欢的猪肉粽子。

街坊邻居包粽子则没有那么耐心，也没有母亲那么好的手艺。一般他们也不用粽针，通常他们把粽叶裹成粽子后，用一根小麻绳把粽子拦腰一捆，再打个结就齐活了，这也是在市面卖的那种粽子。端午节前后的日子里，因为母亲的包粽子手艺高超，这样七大姑八大姨都来请母亲去包粽子，尽管当时母亲还年轻，只有三十多岁，但是几天连续包下来，也忙碌得直不起腰来。而母亲内心也是喜忧参半，喜的是自己的手艺得到了亲朋好友的认可，不免心中自豪；忧的是端午节那几天既要上班，又要帮助包粽子不免劳累辛苦。然而，母亲对此从无怨言，每年都忙得不亦乐乎。

每年端午将临，不免想起母亲包的粽子，不免思念紧实饱满青翠的粽子，不免回味各种粽子的浓香味道。然而，母亲已经过世多年，那种令人向往的粽子要想吃上已无可能。谨以此文纪念过世的母亲，也怀念母亲所包久违的粽子。

2018 年 6 月 6 日发表于《北京晚报》

# "道路街"称呼不同　京津沪殊途同归

　　经常往来于京津沪三地，关于街道的路名发现一个有趣的现象。上海的街道一般称为"马路"，但无论往前追溯多少年，在上海的街道上，几乎从未出现过骏马在街道上奔跑的情况，也就是说，在上海把一个从未走过马匹的街道，称为"马路"。从外滩由东向西的马路，一般用城市名称命名，如北京路、南京路、九江路、福州路、延安路和金陵路等；而南北的街道则用省来命名，像四川路、江西路、浙江路、西藏路和陕西路。无论东西向还是南北向，无一例外地均用"马路"命名。

　　北京则是另一种情形。一般宽一点的街道，均命名为大街，而仔细查阅字典，"街"是指两边有商店的道路，而北京的大街的确很宽阔，但与上海相比，商市、商店却远不如南方兴旺。北京东西向的著名街道有：长安大街、平安大街、两广大街、五四大街和鼓楼大街等；另外，围绕着北京城楼九门还有不少大街，比如：东直门内大街、东直门外大街，东直门东大街、东直门西大街，这样就有三十六条大街。尽管以前北京的商业远不如上海发达，却将稍微宽一点的街道无不称为"大街"。当然，对于相对狭窄的

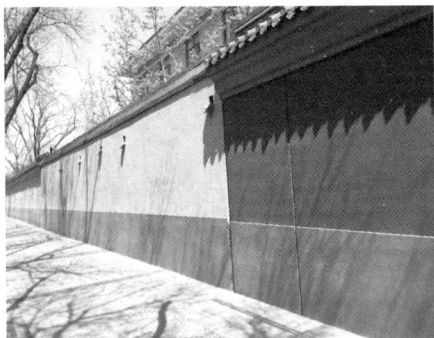
北京街边

街道，北京则一律称为"胡同"，而同样的情况，上海则称为"弄堂"。

天津的情况则更不相同。对于宽阔的街道，它既不像上海那样叫"马路"，也不像北京那样叫"大街"，而是独树一帜地把街道称为"道"。何谓"道"？"道"就是路，就是途径也，因此用"道"命名街道名称似乎更加贴切、精准。例如：五大道、黑牛城道、绥江道、滨江道、马场道、汇川道、崂山道、成林道和围堤道等；除了"道"以外，也有不少道路命名为"马路"的，而且还不少，比如，著名的南京路、解放路、外环路和洞庭路等；当然，还有少量街道也命名为"大街"，例如：兴安大街、万荣大街和桃园街等。

归纳起来，关于街道的命名，上海称"马路"，但路面上却未曾行过马；北京以"大街"见长，然而以前商市却并不比上海繁华；而天津在街道的命名上，既体现了"道"的特色，更是众采博览，汇聚了京、沪之"街、路"所有特点。总之，"道路街"称呼各不相同，"京津沪"道路殊途同归。

2018 年 10 月 16 日

# 书法千古事　得失寸心知

## 读《启功给你讲书法》的点滴收获

　　启功先生的书法，可不是一般的了得，在北京名胜古迹、街头巷尾，很多地方都能看到他老人家的笔墨。启功的字又那么的隽秀于毫端，沧桑古朴、刚劲柔美，实在是不可多得的好字。一段时间以来，我也在练习毛笔，临摹的字帖是"唐颜真卿书多宝塔碑"。朋友孟先生知道我在练习书法，于是就送了一本《启功给你讲书法》给我。真是不得了，我正在练书法，有一位指导的老师，然而，如果启功先生再给我讲讲书法，那简直是莫大的荣幸，而且，想必书法水平也会有很大的提高。于是，得到了朋友捎来的书，如获至宝，爱不释手。花了一天半就通读完了全书，现在只就点滴体会记录如下。

　　一是碑与帖的起源问题。据启功先生介绍，碑其实最早的来源就是为故去的人写的碑文，由于是为故去作者的人生介绍，因此，一方面，文字内容十分褒扬舒畅；另一方面，书写的文字也就比较公正规范，更接近楷体，当然也是为了别人的阅读方便。而帖的起源则更为有趣，实际上是古人之间写的便条而已，因为是便条，也

太申祥和养老院的牌匾

就有了行书的感觉，在别人看得清晰的前提下，则相对偏向于随意一些，而不像碑文那样正式规范。这就是碑帖的最初来源，后来随着时代的发展，也就逐步形成了现在的碑帖概念。而且由于碑帖的作者各不相同，也就有了"欧、颜、赵、柳体之分"。

二是练字的字帖选择问题。如何选临碑帖，这对学习书法者来说，是一个绕不过去的问题。而启功先生最为深恶痛绝的是一种看似专业实际却是很荒谬的观点，即练书法要系统递进的学习思维。也就是说，要先写好了篆书，篆书写好了再写隶书，隶书写好了再练习楷书。在启功先生看来，什么时候才算学好了篆书？谁给评判？然后，隶书学好了，又面临同样的问题。这样的话，有可能永远也学不了楷书，因为你前面的关口没有标准也无法迈过。而实际上这些字帖文章并没有一种由低到高的关系。你只要花钱买上两本自己喜欢的字帖就可以了，而练习了一段时间，字帖可以随便换，可以自由选择。而如何临帖写好字，则没有捷径可走，只能第一回仿效，第二回拿薄膜描一回，如此轮换练习，字的质量自然会有提高。当然，启功先生认为，临帖而不唯帖，既要仿照古人的写法，也可以有一定的创造性发挥。

三是练习书法的纸张选择问题。大凡练习书法者，特别是书法练习到一定程度，无不对书法用纸有所要求，用什么纸张，对于写好字是有一定的影响。而启功先生认为，练习书法完全不要过于寻找所谓的宣纸和好纸。只要随便找一些纸张，特别是旧报纸之类的纸张就可以。而对一些人邀请启功先生题词并送上金纸之类的，启功先生则认为，因为纸张太好太贵，例如，有人为了求启功先生的墨宝，给先生送来了"金笺、花笺"，上面压着金子，反而有可能写不好、题不了，远不如在普通宣纸上题词来得自在轻松。

四是楷体的黄金定律问题。看了这个章节的题目——"真书结字的黄金律"，这里的"真书"是指"楷书"。无论谁学习书法，都想找到抵达书法家水平的彼岸捷径，于是如果发现了一个"黄金规律"，那可是一个重大的发现。阅读到这一章节的时候，一下子吸引了我的眼球，而我的两眼也放出欣喜的光芒。仔细阅读后发现，启功先生研究出一个很有意思的规律，简单说来，一些字体不同笔画的延伸线，在一个字的中间部位形成了交叉点，一共有 ABCD 四个交叉点。而启功先生还进一步研究，一些名人的书法作品，即便是龙飞凤舞，但是这些字的每个笔画的延伸交叉点却是相对稳定的，而且是基本顺序排列的，也就是说，看上去很草的字，它们的每个字中间地带的交叉点却基本有序排列，从而形成一些字的行气神韵。这也是欣赏书法作品的一个重要指标。

五是练字的求人指正问题。在练习书法的过程中，启功先生并不反对向老师请教，但是反对随处求人指正，特别是同样的一个问题，因为你的好学，向不同的老师请教后，而老师的指导意见未必正确，老师的意见又可能各不相同，这样对书法练习者有可能偏听偏信甚至误入歧途，也可能因为众说纷纭而茫然无所适从，与其这

白塔寺边院门上的对联

样还不如自己刻苦钻研，自己琢磨解决学习书法中的问题。

古人云："文章千古事，得失寸心知。"在启功先生看来，学习书法可以套用此句名言，可以表述为："书法千古事，得失寸心知"，由此可见，练习书法固然要重视碑帖的选择，又不要过度重视纸张的选择；要注意寻找练习书法的黄金定律，更要善于听取专家的指点。而临帖苦练、善于练习则是书法提高的关键，除此之外，并无捷径可走。

2018 年 11 月 30 日发表于《中国保险报》

# 醉文明　赏瓷器

## ——重新认识马未都

知道马未都，还是前些年从电视中，对他大概的印象就是比较擅长鉴定瓷器，以为他是一个瓷器爱好者，或是瓷器鉴定者，抑或是瓷器经营商。不知何故，马未都先生不怎么在北京电视台露脸，比如说，十分红火的北京台的瓷器鉴定节目中。隐约记得几年前，在广西等外地台的文化节目中，看到过马先生的畅谈文化节目。

几周前，去书香家园翻阅书籍，偶然看到了马先生的《醉文明》，一共五册，也就十余天，居然读完了全部五册。合上书本，仍然掩盖不住书中散发的浓郁文化墨香，还有锁不住的闪光点。当然也对马未都先生有了相对深入的了解，更是要对马未都先生刮目相看。

一是瓷器背后的历史文化底蕴。瓷器是历史的产物，因此瓷器也一定会留下不少历史的痕迹。瓷器本身的烧制质量与时代有关，从早期的陶制品，没有釉色，到后来的明清开始有了完美的釉色；再从瓷器的颜色而言，有一种逐步提高的过程，比如：一件瓷器逐步将其中的杂质淘汰，从颜色角度，将其中的黑色等杂质逐步去

粉彩古瓶

除，使得瓷器的颜色逐步趋白，只有到了清朝康乾盛世的瓷器，才有了高质量的白净瓷器；从瓷器的文化气息来说，瓷器上的图画也反映了时代的特色。例如：瓷器上画的龙，康乾盛世之时，龙的形象，既威严又自信，既腾跃又昂首，龙爪强而有力，到了清朝末期，同样是龙的形象，既羸弱又自卑，既低迷又萎靡，龙爪弱而无力。总而言之，从战略层面分析，瓷器发展的曲折与时代的跌宕有着十分紧密的关系。也就是说，相对品质较好的瓷器，同样是官窑，应该更多出现在康乾盛世，而不会出现在光绪宣统没落时代。

二是官窑产生的历史阶段性。在阅读马先生此书以前，一般认为各朝各代均有官窑，也有民窑。实际生活中隐约感到，近代则官窑多一点。然而，究竟何时开始有了官窑，并没有明确的概念。马先生的这本书回答了这个问题。真正意义上所谓的官窑只是从明朝以后才有的概念，又以清朝最盛。无独有偶，我邀请公司的专家介绍瓷器，也是要求专家以明清为界限。这与平时积累的有关知识有一定的联系，只是一种感觉而已。当然平时的学习，并没有形成系统的瓷器知识的学习和积累。但这个概念的建立，起码以后人家拿出一个汉代的官窑制品，你是不会犯傻相信的，也不会因此造成不必要的经济损失。

三是和田玉的质量与明清朝代的关联。从马先生的书中介绍来看，和田玉的物件，如果是明朝以前的，无论其文化内容如何，它的玉质质量都不太好，主要原因是真正的和田玉不能从新疆和田地区运输出来。而到了清朝以后，由于康熙等皇帝热衷于和田玉，从而打通了通往和田的交通，大量的优质和田玉能够从新疆和田运送出来，这样工匠就有了可以施展才华的器料。因此从清朝开始，一些和田玉的玩件，玉石品质有了极大提高，其质量也远超过明朝等前朝。归纳起来，表面上看把玩古玉，似乎成本很高。而实际上，如果仅收取明朝以前的古玉，其内在的玉质质量未必很高，理论上讲，其花费的成本也就有限，因为仅玉质本身的质量而言，肯定比不上当代的品质。即便是明清的古玉附加了一定的文化历史印痕，也未必贵到哪去。从这个角度出发，有条件时不妨适当玩点古玉，既有文化的沉淀，又无过高的代价，这不能不说是一个明智的选择。

四是方形瓷器永远超过圆形的难度。在看马先生这本书以前，在电视台理财栏目中，看到关于瓷器的节目，了解到，"站着的比坐着的贵，坐着的比蹲着的贵，蹲着的比躺着的贵"。而方的器型比圆的器型贵则是从紫砂壶制作中了解到的，没有想到，陶瓷本是一家，瓷器的制作也是同理，方形的器型要比圆形的难以制作，难以成型，难以烧制，成品率也就低不少。由此可见，在同等条件下，也就是说，从"站到坐到蹲到躺"的同样条件下，方的器型要比圆的器型制作难度高，价值也就大一些。当然，再往深层次探索，如果虽然是方器型，但是，如果是不完全规格的正方形，有是菱形的、扁方形的、六边形的、八边形的，这些则更为难得，更加难以制作，更有收藏价值。据史料记载，辽代瓷器中有方形的盘子，是仿契丹日用木器造型。明代嘉靖期间方形瓷器比较流行，是受道教影响。清代方形瓷器及多边形瓷器更加广泛、精美。

五是外销瓷器的外形主要特点和清朝后期的特点。外销瓷器主要是从媒体上了解的，也就是太平洋、印度洋某海域找到了历史上漂洋过海的沉船，然后，从沉船上发现了大量以往运往海外的瓷器，这也是我对外销瓷器了解的消息来源之一。外销瓷器，欧洲的博物馆收藏很多，国内较少收藏和展示。赠送外国元首、使者的，可以达到官窑水平。其他通过贸易、订购渠道输出的外销瓷，应该属于民窑范围，水平不够高。回到马先生的介绍，应该是清朝以来，特别是清中期以后，按照国外的要求，结合中国的文化特点，烧制的一些瓷器。这些瓷器，虽然是中国的工艺，但是，瓷器的器型、瓷器的图案、瓷器的配套却是西方的样式。这种外国人对瓷器的喜欢，跃然体现在外销瓷器的外形上。一如马先生笑谈，这种外销瓷器有点像现在的加工贸易，"三来一补"是"来样加工、来图加工"的，因此，在中国传统的瓷器上，附上了大量西方的要素。因此，这种外销瓷器与中国传统的瓷器有很大的区别，说得好听点，是东西方文化的交汇；说得难听点，按照中国传统文化去鉴赏，看上去有点"不伦不类"。而恰恰因为这种外销瓷器发展的历史较短，加上式样上的突破，反而收藏的价值不如中国传统的瓷器。在这种东西方文化的交汇中，意大利画家郎世宁是一个杰出的代表，他既有浓郁的西方画派的风格，也对中国文化情有独钟，体现了中西合璧的艺术风格。总之，加深了我对郎世宁画家的认识。

六是各种制作瓷器款识的多样化。关于款识，原先的认识，只知道官窑和民窑，其他款识知之甚少。而实际上，款识除了官窑以

祖传大碗

外，还有官制一说；还有寄托款，即后代仿前代；还有内务府制等各个层次；还有皇帝的名号款识，比如，道光皇帝的私家堂款，叫"慎德堂"，这是他自己的名号。这样说来，关于款识也不是就官窑和民窑两种，而是多层次、成系统的。这样的了解对以后的收藏是十分有好处的。官窑固然好，只是数量少且价值大、价格高，未必有机会、有实力去实现收藏。但是，现在了解了这么多的款识，只要有机会，还是有可能实现收藏梦想的。官窑以外的精品仍然是有收藏价值的，而且价格也不一定很高，文化内容和历史留痕却一点不少。也许通过对于瓷器款识的了解有机会捡个大漏，捡个官窑以外瓷器的大漏。

值得自豪的是，以上读书笔记的形成，只是拟了个提纲，然后，挥毫一蹴而就，其间并未再打开马先生的五册《醉文明》，可见马先生的书，于我而言，已经认真研读，了然于心，已经血浓于水，消化于肚囊也。

2019 年 1 月 25 日发表于《中国保险报》

# 王维的诗与书画

　　"空山新雨后，天气晚来秋。明月松间照，清泉石上流。"这就是一幅深秋新雨过后山水画，明月高挂代表静，清泉石流表明动，而动静结合于一幅色彩斑斓的山水画中。倘若不是风雨过后，身临其境，是无法写出如此灵动精准诗句的。而他"大漠孤烟直，长河落日圆"的诗句，更是把西部粗犷的景观，用"直"和"圆"的简单线条对比展现得大气壮观。很多人认为，这是抽象艺术的完美概括，从而成为美术追求想要展示的美景。"江流天地外，山色有无中"，这两句诗在美术史上影响很大，使中国书画中出现了"留白"。一条河一直流，到了天地之外，比天地还要大的空间，就是"空白"。山是什么

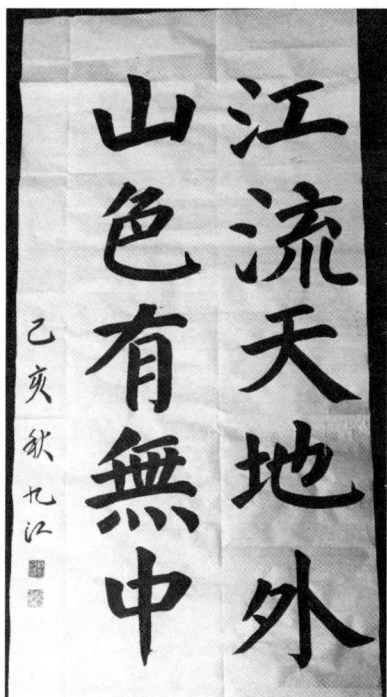

笔者书王维词句

颜色？眼前看到的山色或许是绿色、蓝色、墨色，而往远眺望，山色最美的地方在有与没有之间。王维的诗是想用墨色战胜彩色。后人提出"墨分五色"，"有无中"与"地天外"开创了一个新的绘画派别。书画以留白与水墨为主体，与王维的贡献有关。他最为精彩的诗词是"行到水穷处，坐看云起时"，把一个徒步者被大河挡道，不但没有心灰意懒，反而随遇而安，更是坐看云卷云舒的心境转换。水穷之处是空间，云起之时是时间，在空间的绝望之处看到时间的转机，生命没有停止，新的可能和追求仍在。这两句诗不是讲山水，不是讲风景，而是讲心境，这种境界已经超越书画的界限，具有禅的意味，更是超越了陆游的"山重水复疑无路，柳暗花明又一村"的诗句。这就是王维作为诗人对书画的贡献。

2019 年 4 月 13 日于浔阳书苑

# 神秘的绥庐小院

　　宫门口五条胡同，东西曲折走向，东起福绥境胡同，西部南折至宫门口四条，另有两岔道至宫门口四条。全长290米，均宽4米。清代称五条胡同。因是阜成门内大街北侧自南向北第五条胡同而得名。1965年定名为宫门口五条。宫门口五条20号（原北平宫门口五条28号），门楣上书写"绥庐"，很有文化品位、老气十足，尽管朱漆已经斑驳，然而灰砖门牌仍然留有浓厚民国时期的淳朴风格。从外部观察，这个门牌应是院门。仔细留步细瞧，此处原是八路军前方总部地下联络点。

绥庐小院门口

1945 年 8 月，八路军总部地下情报人员赵庆昌和刘长富迁入此处，他们以表兄弟关系做掩护，为八路军总部传送日军和国民党情报，同时为输送左翼进步青年前往解放区提供支持。1946 年，这个点两位八路军情报人员完成了使命，撤离了这里。这么个不起眼的普通四合院，居然发生过这样感人而神秘的故事，后来每当再路过这里的时候，再看到这个灰色的院子，再看到这个古朴的门牌，不免驻足留步，刮目相看。

2019 年 5 月 17 日

# 北京豆汁儿

豆汁焦圈

检验一个人是不是地道北京人的最简便方法之一，就是请他喝豆汁儿。传统上，卖豆汁的一般会送一小盘辣咸菜丝就着豆汁吃。当然，在护国寺小吃再就个焦圈、炸糕什么的就更地道了。豆汁在北京已有三百来年历史了，清乾隆年间，豆汁已入御膳房，慈禧也好这口，慈禧年幼时住新街口大二条，家境贫寒，时常喝豆汁儿。鉴于皇上百姓均有此好，民间则有"豆汁儿豆汁儿，旗人的命根儿"的俗语，豆汁其实就是做绿豆粉丝的下脚料，这些下脚料在大桶或大缸里，浮在上面稀里晃荡的汤水就是豆汁儿，沉淀在下面的就是麻豆腐的原料。豆汁儿四季皆宜，夏天解暑，冬天御寒，春秋驱邪，别有风味。即便您不是北京人，也可尝试一下豆汁儿，其实，豆汁喝多了，酸味已体会不到，剩下的唯有浓郁豆香。

**2019 年 5 月 24 日于浔阳书苑**

# 有故事的粉子胡同 19 号

家住西城树荫胡同，经常来往路过粉子胡同 19 号院，对于这个再平常不过的四合院没有引起过多的关注。

偶然之中看到一篇史料，1937 年初，中共北方局为了应对时局的变化，曾在粉子胡同 20 号（旧门牌）秘密设置了一部地下电台。刘少奇同志率领北方局由天津迁来北京之后，使用这部电台与党中央保持联系。北方局领导北方党组织和广大群众进行抗日救亡活动。地下党还通过秘密电台截获敌情、传递情报，在党的对敌斗争中发挥了十分重要的作用。

当年，秘密电台设置在院中一排北房的东耳房中，院子有前后两个门，出前门是粉子胡同，出后门是后英子胡同，现在的粉子胡同前门门牌是 19 号。这个前后门，也是我每天散步必路过的地方，只是未曾想到，这个院子中间是连在一起而且是可以穿过的。可见，在当时的那个年代，我们的北方局秘密电台的地下工作者，出于安全的需要，考虑得十分周到。如果万一有敌特从粉子胡同进入，他们可以从容地从后英子胡同撤离；反之，如果敌特由后英子胡同进入，他们也可以从粉子胡同撤出。

北京胡同景色

胡同里的植物

　　了解了这段史料，再经过粉子胡同，对 19 号院有了一种肃然起敬的感觉，更是对于院子有了一种神秘感。于是，走进院子想看个究竟，没有想到当年院中的一排北房依然存在，只是找不到与北房相连东耳房的准确位置了，毕竟八十多年过去了。然而，站在院子之中，面对陈旧的北房和古朴的院落，仍然对先辈有一种崇敬佩服之感。

2019 年 6 月 6 日

# 北京西城——京剧的发祥地

打渔杀家

说实话，京剧并不是一个北京原创的剧种，它是由徽剧和汉剧加上北京话融合而成的。曾有人说，京剧的父亲是徽剧，母亲是汉调，不无道理。1790年，乾隆皇帝80岁寿诞，最负盛名的徽班进京会演，演出地点就在西城大栅栏的老戏园子。1820年，大批汉调艺人进京献艺并加盟徽班，这对京剧的形成至关重要。汉调也称楚调，是流行于湖北汉水一带的地方戏曲，声腔以西皮、二黄为主。1840年以后的二十多年，徽汉在京西城完成了融合，终于使演唱西皮、二黄的皮黄剧(京剧)实现了以北京语音为标准的"京化"过程。1876年，京剧一词正式出现在上海的《申报》，此后京剧作为剧种名称风靡全国。即使从1840年开始计算，京剧至今也已经有180多年的历史了。

2019年7月28日于浔阳书苑

# 护国寺的观感

　　不知何故，家门口的护国寺，一直不得空好好溜达溜达，这不国庆休息嘛，得空去好好遛了趟弯。从家里出发，骑了共享单车，往北也就二十来分钟就到了护国寺。据说这里是与前门大栅栏、琉璃厂齐名的地方。护国寺是北京八大寺庙之一，始建于元代，初名崇国寺，已有五百多年历史了，明宣德四年，更名为大隆善寺，清康熙六十一年，改名为护国寺，又称西寺，与东寺隆福寺相呼应。可见护国寺的历史之长、底蕴之深。

　　如今的护国寺街已变得商业气氛浓烈，各种名号的百年老店应有尽有，最具盛名的是护国寺小吃，名扬四海，慕名而来的客人络绎不绝，人头攒动。其他小吃也生意兴旺，特有意思的一家餐馆叫"钢镚儿"，还有一家卖核桃的，居然谐音叫"核你在一起"，到此非让你笑出声来不可。这里俨然已经成为北京特色小吃的一条街。你还犹豫什么呢，还不赶紧溜达一趟，把小吃尝个遍、吃个饱，乐个够。

　　在百年老店如林的护国寺街上，看到了一个小店，店名叫"戴春林"，停下脚步欣赏一下店的介绍，不看不知道，一看吓一跳，

明清美妆老店

这个店名居然是董其昌的手笔，可见这文化底蕴之深厚。遛弯到护国寺街的东头，一所四合大院，为梅兰芳故居，门檐上的题名为邓小平先生。梅先生1951年至1961年在这里居住过十来年。而梅兰芳纪念馆对面，一座青砖灰瓦的北方民居，房顶上却开设南方才有的天窗，南方也叫"老虎窗"，这种北方的住房与南派的天窗混搭实在罕见。看来护国寺街的文化底蕴既深远，又宽泛，还有南北文化的相融令人惊叹。

今天赶在傍晚关门前，进入梅兰芳纪念馆内参观，对梅兰芳在京剧上的造诣和对京剧的贡献有了更为深刻的了解。而护国寺街的文化底蕴深远还体现在人民剧场，京剧《谢瑶环》正在排练，著名京剧艺术家叶少兰先生亲临现场指导。在京剧排练的全程中，叶先生并未打断演出提出指导意见，只是全剧终了的时候，叶先生才发表指导意见，全体演员则端立在舞台上聆听导师的教诲。人民剧场为京剧演出提供了平台，而传统的京剧文化在这里得到了弘扬传承。当然，在人民剧场听完了京剧排练，去对面的护国寺小吃总店喝上一碗豆汁是必须享受的美食。

在护国寺街溜达，在人民剧场对面的胡同口，恰逢飞鸽在空中盘旋，于是驻足抬头，把手机对着飞鸽可能经过的天空，拍下一群群盘旋的飞鸽，仔细欣赏胡同中的飞鸽，竟然发现空中曼舞的飞鸽千姿百态，变化无穷，美妙至极，难以言表。

护国寺街

# 聆听"宣南文化"讲座

周末有幸聆听王克昌先生的讲座，茅塞顿开、收获颇丰。王先生为中国文物学会会馆专业委员会理事。据王先生的专业研究，知道了"宣南文化"的含义，而宣南之地的历史已有三千年，始于公元前 1045 年的一句古文："武王克殷反商未及下车而封黄帝之后于蓟。"而宣南建都也有八九百年的历史，始于公元 1153 年。宣南文化底蕴之深完全超乎我浅薄的了解。而王先生归纳的十三个方面的具体文化内涵，更令人无比叹服。一是宣南文化核心是士人文化；二是大栅栏代表的商业文化；三是先农坛代表的皇家文化；四是法源寺、天宁寺代表的寺庙文化；五是以牛街为代表的回民文化；六是京报、晨报为代表的报业文化；七是天桥为代表的贫民文化，清朝末年聂耳、冼星海均去过天桥；八是以京剧为代表的京戏文化；九是以湖广会馆等为代表的会馆

报国寺

王克昌先生

文化，全市七成会馆在宣南地区；十是以厂甸为代表的庙会文化；十一是以李大钊、陈独秀为代表的红色文化；十二是以大观园为代表的红楼文化；十三是以牛街为代表的小吃文化。王先生八十七岁高龄，两个小时的课程，一直是站立来回走动授课，而且说话底气十足，他对宣南文化了解之深，对宣南名人故居之熟，对北京胡同之爱，让人印象很深，而王老先生的记忆力则是常人难及。若有空闲，一定常去宣南地区转悠转悠。

2019 年 11 月 9 日于浔阳书苑

# 收藏名人字画　探寻宣武名人故居

周末上午，来到北京商务会馆，有幸聆听方继孝先生的讲座，方先生爱好收藏清朝、民国名人的字画信函原件。一次机缘巧合，国家图书馆馆长发现了方先生的收藏，当时建议方先生把收藏的原件通过文字向读者详细介绍，同时又要求某出版社能够出版方先生的研究书籍，而方先生的《旧墨记》一经出版便一举成名，销量不错，以至于出版社接连约方先生的续书，这样续书相继问世，销量一路攀升，出版社也给了方先生 10% 的版权费。方先生收藏的名人原件字画展示，的确让人耳目一新，大开眼界。方先生从名人字画的收藏角度切入，对居住在宣武区（现为西城区）的名人故居研究，的确是独树一帜，视角独特，令人叹服。而方先生对宣武居住过的历史名人更是如数家珍，像聂耳、梅兰芳、鲁迅、康有为等。方先生为地道的北京人，对北京话中的"儿"音，也有深入的探索，而"儿"音掌握不好，会影响意思的了解。比如说："你给拿个盘儿来"，这其中的盘是指小盘，倘若说"你给拿个盘来"，省去了盘后边的"儿"音，这里指大盘。北京话的学问之大，由此可见一斑也。更为有趣的是，方先生出了本介绍天桥艺人生活的书，他

方继孝讲座现场

坚持叫"撂地儿"，一定要加"儿"音，当然，这是反映民国时期，天桥的艺人为了抢占演出的地盘而进行的画线圈地儿，这也体现出地道北京味。

2019 年 12 月 24 日于浔阳书苑

# 南竹北移　风采依然

　　齐白石故居的四合院周围种了不少南方翠竹，既体现了白石老人的文气雅致，又彰显了老人的气节风范。真所谓："门前万竿竹，堂上四库书"，这也是东坡先生追求的传统文人的"理想国"；有竹不可无水，临水方为好竹，一如王维"竹喧归浣女，莲动下渔舟"，写的是竹与水相得益彰的境界。《红楼梦》中多处提到了青竹，只有林黛玉居住的处所是以竹子为主要景观的小院，这也彰显了林黛玉的孤傲清高气节。白石故居还引得周围的居民也种了不少翠竹，不知何故，仔细观察发现，凡是距离白石故居较近的地方，居民所种青竹长势良好，凡是稍远的则略微差一些，这不免有点让人感觉故居的仙气近则更好、远则不灵。在中国传统文化里，竹子可以说是一种"神存在"。"岁寒三友"松竹梅，竹子是唯一能做成凉席的；"四君子"梅兰竹菊，竹子是唯一能扎成笤帚的。竹可以入文入诗词书画，陶冶情操，怡情悦性；竹也可以作盘中珍馐，解人之馋，一如淮阳菜中的"腌笃鲜"，是万不能没有竹笋的，《红楼梦》中提到的"酸笋鸡皮汤"中的笋是不可缺失的；竹还可有大量实用价值，在南方可以制作帘、席、轿、椅、垫，有利于居家出行。南竹北移，北方干燥，雨水较少，湿润不够，青竹虽生，与南方相比，生长稍慢，也不能像南方那样"雨后春笋"般茂盛，当然也很难成大器大竹。尽管如此，南竹北移，能够生存下来实属不易，能够让人观赏南竹风采依然，让人不仅看到文人的追求和气节，更让人穿越南北，仿佛进入南国的竹林，让人欣喜不已。

2020 年 6 月 26 日于浔阳书苑

笔者本人剪影

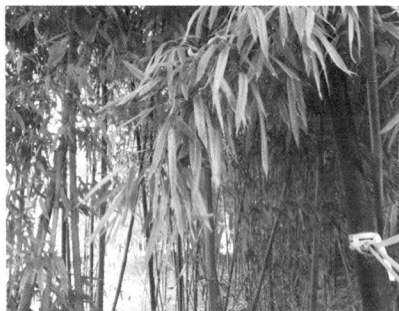

白石故居中的翠竹

# 南湖寻阳碧波荡漾　弘扬传承粽子文化

端午已过，但亲手包粽子的痴心未改，终于买到了合意的粽叶，于是，在"七一"到来前夜这个非同寻常的日子，如愿以偿地包成了粽子。包粽方法来自过世的母亲，不用绳捆，更加环保。粽子包成最后，只需用粽针带粽叶梢穿粽而过，此方法不仅使粽子紧

笔者包的粽子

实，而且，粽形饱满，棱角分明，入锅熬煮 2 个小时，一个未散；起锅水太热，可以抓住粽叶梢轻松拿起，很是方便。粽子所包的馅为瘦肉，必须用酱油、黄酒、小葱浸泡六七个小时，然后用泡肉的酱汤再将江米搅和一番，使江米也成酱色。嘉兴是南湖之乡，是党的诞生地之一，也是粽子之乡，肉粽子就发明在嘉兴。在"七一"到来之际，回想百年前"南湖寻阳碧波荡漾"之景，深感"弘扬传承粽子文化"之重要，谨以此文增强文化自信，祝贺党的九十九周年华诞。

2020 年 7 月 1 日

# 绅士雅居与驿站之别

　　小酱坊胡同里的一户人家，面朝西的外院门牌，方正端庄，绝对是宋代的风格，门牌上端写着"清雅贤居"，彰显主人绅士达人之风采。倘若"清雅贤居"的书写由右向左，则更可体现古旧的底蕴。而桐油上漆的原木黄色门板，更是在朱门盛行的胡同中独树一帜。当然，门框上的四个户对既显示了此户的香火盛延，更表明他家的人丁兴旺。驿站的门牌则另有一番景致。丰盛胡同东口，这户人家的门牌有点与众不同，似乎均按北京传统的门牌制作，可总觉得哪里不对劲，于是驻足仔细观察，还真发现几个不同的地方：一是门牌制式虽然算对，但没有门当和户对；二是大门颜色一般为朱色，但这家却是木黄色；三是门铺一般为铜制狮子之类的镇宅之物，可这家却是铁环门铺，实不多见。以此判断，该户所处胡同口热闹之地，略为粗放的门脸和门铺，好像这里是可以拴马留宿的驿站。绅士的居所风雅精致，让人闻到墨香，看到了底蕴；驿站的门牌粗放古朴，让人感到了热情，看到了朴实。

2020 年 2 月 23 日于浔阳书苑

小酱坊胡同

# 齐白石故居和旧居

齐白石故居

齐白石故居地处辟才胡同，大门朝东，墨色门牌，仅有两个户对，而门当则为方形，是典型的文人风格。史料显示，旧居在东城雨儿胡同十三号，即齐白石纪念馆，那是1955年，文化部为白石老人购置的四合院，然而白石老人对西城辟才胡同的居所情有独钟，在雨儿胡同仅住半年，就搬回了辟才胡同，该屋自书："白石画屋"，直到1957年老人千古。据说白石老人1919年定居北京，他健在时的书画价格并不太高，只是过世后书画作品才升值，每幅作品价格起码五六十万元。2011年5月22日，他的最大尺幅作品《松柏高立图：篆书四言联》拍出4.255亿元的天价。故居虽近在咫尺，然而长年大门紧闭，不得入内参观欣赏。旧居虽好，也能参观，然白石老人仅入住半年，底蕴似乎不如故居。

2020年3月15日于浔阳书苑

# 百花深处——最富诗情画意的胡同

来到新街口大街百花深处胡同西口，欣赏着胡同口满橱窗的小提琴，疫情期间，把门的大妈很是通情达理，查看了出入证，发现并不是住在本胡同的，说了句："只要不是外地刚回京的就行。"于是，我们顺利进入了胡同。据了解，这个胡同早在明朝万历年

百花深处胡同

间，有位张姓夫妇，在小巷内，种了二三十亩的青菜，几年后积攒了点钱，于是在菜园中种植树木，叠石为山，挖掘池塘，修建草阁茅棚，使菜园变得十分幽雅，后又种牡丹、芍药，水池中养莲藕荷花，菜园更加雅致，环境更加清爽，令人耳目一新、心旷神怡。文人墨客来此游玩，荡一叶小舟，赏池中荷花，观岸边牡丹，甚是惬意尽兴，于是一时来兴，将青菜园赐名为"百花深处"。随着时间的推移，此处逐渐演变成一条小胡同，于是，干脆把胡同叫成"百花深处胡同"。后来百姓叫惯了直接称呼"百花深处"，而略去"胡同"二字，清光绪年间此名已经叫开，一直延续至今。从胡同西口步入，仔细欣赏胡同的别致，悠然之间发现，其实胡同本身与别的胡同并无太多不同，只是胡同比较灵巧，灰瓦青砖土道宁静，住户门牌不太奢华，房屋院落相对狭小，甚至还有人家房顶养着飞鸽。厂桥小学也在胡同拐弯深处，有意思的是，一个名不见经传的小学，居然是原国防部部长迟浩田先生题写的校名。著名诗人顾城曾到此游玩并写了《题百花深处》诗："百花深处好，世人皆不晓。小院半壁阴，老庙三尺草。秋风未曾忘，又将落叶扫。此处胜桃源，只是人将老。"倘若您有兴趣，不妨到此一游。

2020 年 3 月 21 日于浔阳书苑

# 西城五塔　东城无塔

　　"西城五塔，东城无塔。"历史资料显示，西城，指原护城河二环内，不含宣武。城内共有五塔，一是北海公园琼华岛白塔；二是妙应寺白塔，即白塔寺；三是西四砖塔胡同东口的万松老人塔；四是西单电报大楼附近的大庆寿寺中的双塔，其中一塔九层，一塔七层，双

庆寿"双塔"辉煌

塔于元朝已经存在。可惜因为多种原因双塔多次被毁和重建，时至今日，早已成为电报大楼的建筑所在。"东城无塔"则很好理解，指东城护城河内找不到一座塔式建筑。这就不免让人联想，所谓"东富西贵"指的是西城的绅士达人是有宗教信仰的，所以成为"贵人"；东城的富豪财商则一门心思赚钱，虽然已成富人，但还顾不上修庙建塔，这是后话笑谈，我这么想。

2020 年 5 月 5 日于浔阳书苑

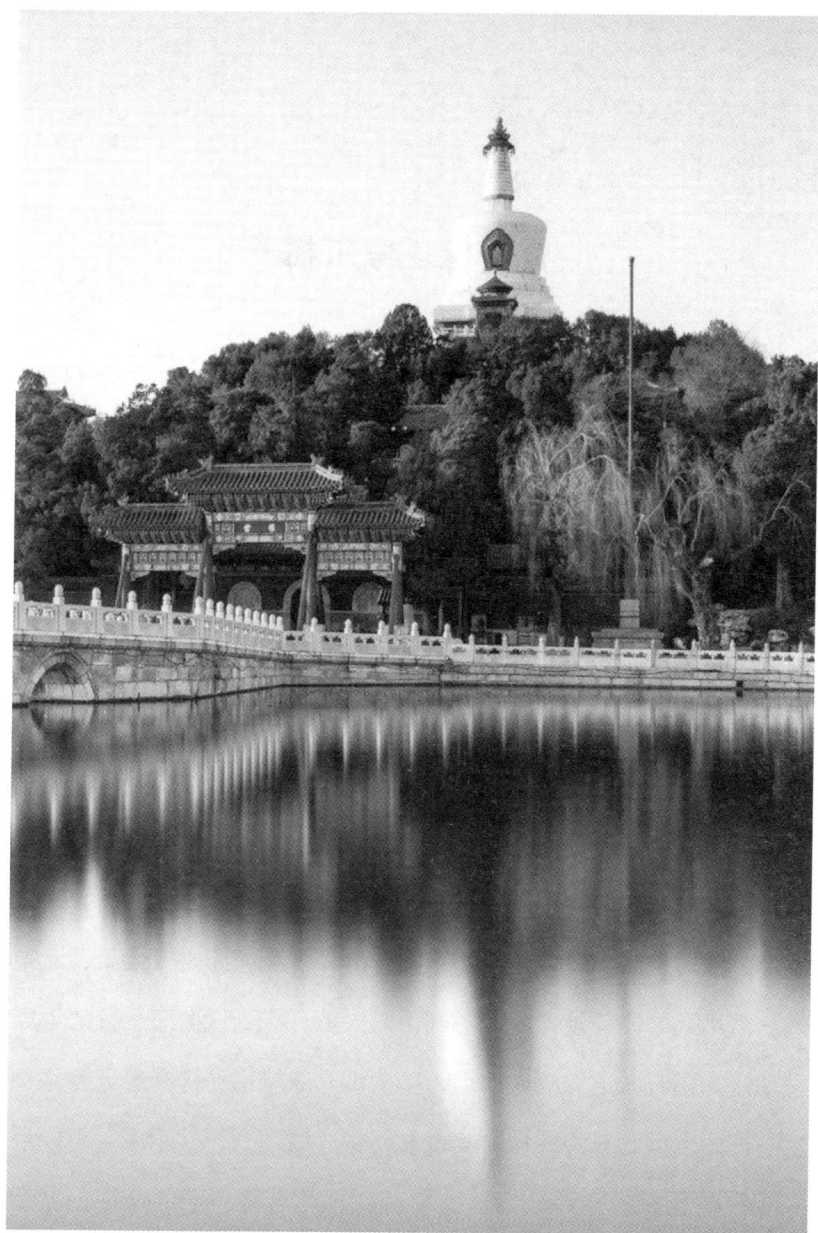

北海公园白塔

# 赞国槐　夸市树

北京种植的槐树很多，特别是街边树，胡同深处大院里边也种了不少。槐树开花的季节在四五月，花期十天半个月，那时往往大街小巷满处槐花飘香，清香淡雅，沁人心脾，若遇斜风细雨，白色槐花则会洒落空中，飘落一地；现在是七八月份，院中的槐花果则结满了枝头，而且，槐花果因为追寻阳光往上生长，若不是在高楼上未必能观赏到槐花果的金黄果实和辉煌风采。据历史记载，一些美洲的洋槐，是从清朝的时候移植进京的，并成为现在北京的市树。国槐的好处有很多，不生虫子，有刺儿，木质坚实，香气怡人，一直在北京广泛栽种，几乎无处不在。槐树不像杨树高耸入云，不像柳树婀娜多姿，不像梧桐铺天华盖，不像银杏绚丽多彩。然而，槐树生命力旺盛，无处不能种植，槐花因为香气怡人，北京人常常用来制作花茶；槐花果则可以入药，有降低血压、预防中风之功效，还有一定的消炎作用，槐树没有像柳树那样在春天飘荡柳絮。槐树木因为长势缓慢，其木质坚实，纹理直、性耐腐，可以用来制作精品家具和地板等。槐树还被视为吉祥祥瑞的象征，老话说："家门前种一棵槐树，不是招宝就是招财。"这些槐树见证了老北京人世世代代在这里生活的气息，见证了胡同深处最为朴实的烟火气息，他们也是北京最接地气的老树。

2020 年 6 月 27 日于浔阳书苑

树荫胡同槐树

# 相爱的飞鸽　迷失的胡同

在学院胡同与金融大街交会的街边公园，我正在全神贯注观察地面上的一个老地图，寻找已经迷失在大楼林立中的胡同，屯绢胡同、松鹤胡同、锦帽胡同，还有半截胡同，这些历史悠久、底蕴深厚的胡同，随着金融街的高楼大厦屹立已经迷失殆尽，这些胡同估计在建行大厦的楼群之中，至于半截胡同已经被广宁伯街兼并统一。

走着走着，突然眼前的一公一母鸽子开始旁若无人地"谈情说爱"，公鸽老去挑逗母鸽，母鸽四处飞舞，像孔雀一样展翅飞翔、彰显美丽，没完没了，时而双双飞舞，时而你追我飞，时而悠闲溜达，根本不在乎我就站在眼前，即便我用手机拍摄它们，爱鸽们也全然不顾、旁若无人。我仿佛感到，相爱的飞鸽，像我一样也在为迷失的胡同遗憾惋惜，因为他们已经找不到古老胡同深处的爱

屯绢胡同飞鸽

巢，找不到只有胡同环境中的美食，找不到昔日爱巢附近的老街坊、小伙伴。

2020 年 7 月 19 日于浔阳书苑